Nachricht von der Erde

Eine Erzählung von Christina Corente

Bibliografische Information der Deutschen Nationalbibliothek: Die Deutsche Nationalbibliothek verzeichnet diese Publikation in der Deutschen Nationalbibliografie; detaillierte bibliografische Daten sind im Internet über dnb.dnb.de abrufbar.

Die Textpassagen bezüglich der *Metamorphosen des Ovid* sind von mir aus dem gleichnamigen Audio-Book, gelesen von Peter Simonischek, aufgezeichnet worden.

Umschlagskizzen: Christina Corente

Herstellung und Verlag: BoD – Books on Demand, Norderstedt

ISBN: 978-3-7347-4249-1

Hoffnung ist überall

Mandy Grace hat es wieder versucht

„Ruby Mayella Clarke - sind Sie das?"

„Was ... ? Ja, bin ich."

„Und Mandy Grace Johnson ist Ihre Tochter, richtig?"

„Ja, das ist richtig. Was ist denn los, bitte? Hat meine Tochter etwa wieder ... "

„Ich fürchte ja, Ms Clarke... - aber sie lebt, ängstigen Sie sich nicht. Sie hat viel Blut verloren, aber das lässt sich wieder in Ordnung bringen. Aber ihre Stimmung, Ms Clarke, die bereitet uns weiterhin Sorgen."

„Ja, das ... kann ich mir vorstellen. Wo ist meine Tochter jetzt, bitte?"

„Auf der Krankenstation in der Mondphase, Bereich F. Dort fragen Sie sich einfach durch, Sie haben natürlich Besuchsrecht."

„Danke, aber das ist mir jetzt zu viel. Ich komme morgen. Haben Sie vielen Dank, ich weiß, wo ich sie finde. Danke, Ms ..."

„ Lilly Janet Gonzales, Ms Clarke."

„Ja, danke, Ms Gonzales…“

„Lilly Janet reicht, Mam. Sie erinnern sich doch?“

„Ja, danke, Lilly Janet. Vielen Dank …“

„Keine Ursache, Ms Clarke. Dann wünsche ich Ihnen eine gute Nacht.“

„Danke. Leben Sie wohl.“

Mit einer matten Geste ihrer Hand kappte Ruby Mayella Clarke die Verbindung und löschte gleich dazu das Licht. Langsam sank sie zurück auf das Kissen.

¤ ¤ ¤ ¤ ¤

Warum muss mir das widerfahren? So ein Undank. So viel Unwillen. Solch eine derartige Verweigerung, das Leben hier zu preisen. So gar keine Andacht, so überhaupt kein Respekt vor dem Leben, das ist schon richtiggehend bösartig.

Aber so war sie schon immer. Seit ihrem ersten Tag war dieses Kind, dieses Mädchen, diese Frau so gestrickt. Mit all dieser Düsternis und dieser verdammten Todessehnsucht. Das wievielte Mal war das jetzt? Der dritte Versuch - nein, es war wohl schon der vierte. Irgendwann wird sie es schaffen, irgendwann gelingt es ihr. Wo doch dieses Leben auf

1

der Welt das einzige ist, was überhaupt irgendeine
Bedeutung hat. Das hat Mandy Grace nie begriffen.
Nie, nicht eine einzige Sekunde lang.

Nach allem, was ich durchgemacht habe, um dieses
Kind überhaupt zur Welt zu bringen. Ich habe ja
noch einen Sohn. Ewan Jesse Friggs. Mit dem ist alles
in Ordnung. Er steckt bereits in seinem ersten
Neukörper, einem Klon, und er ist seit der ersten
Minute auf diesem Planeten fabelhaft drauf und
rundum gesund. Ein schöner Kerl, hat auch schon
eine Tochter, wie heißt sie noch? Ach, mein
Gedächtnis ist so schlecht, es ist ein Jammer. Aurora
Phyllis heißt sie, Aurora Phyllis, was für ein
seltsamer Name. Wie kommt man nur darauf?

Vielleicht liegt es ja daran, in welchem Leib wir
Kinder bekommen. Es wird ja immer geraten, den
Naturkörper dazu zu nehmen. Aber wer ist da schon
so gefestigt, dass er ernsthaft an Nachwuchs denkt?
Da ist man ja quasi die ganze Zeit selbst noch ein
Kind oder in der Pubertät. Höchstens aus
Nachlässigkeit passiert einem da doch so etwas ...
und Ewan Jesse habe ich zur Zeit meines ersten
Neukörpers bekommen. In dem war ich allerdings
auch so richtig glücklich, siebenunddreißig
wunderbare Jahre lang. Wie er jetzt in dem seinen
glücklich ist.

Entweder läuft es von Anfang an glatt oder gar nicht. Ja, vielleicht liegt es daran. Mandy Grace habe ich in meinem zweiten Neukörper bekommen. Zwar auch ein Klon, aber eine Qual. Eine einzige verdammte Qual, die ganzen verdammten sechzehn Jahre lang, die ich da drin ausharren musste, bis der Ersatz kam, Eilbestellung. Mandy Grace war auch nicht geplant, sie war ein Unfall. Doch nicht in diesem Körper, habe ich damals noch gedacht, ich weiß es noch wie heute. Ja. Vielleicht liegt es daran.

¤ ¤ ¤ ¤ ¤

Leslie Fiona Jenkins könnte eine echte Freundin von ihr werden, wirklich. Ruby Mayella schenkte der Frau, die ihr gegenüber saß, ein strahlendes Lächeln. Es erschien ihr kaum fassbar, wie bezaubernd und makellos die andere aussah. Unwahrscheinlich schöne, blonde Locken, die sie umgaben wie ein fast weißer Heiligenschein. Doch das machte vielleicht das Licht, das war nicht ganz natürlich. Leslie Fiona probierte gerade das Modul mit den neuen, ungewöhnlichen Farbverfremdungen aus und Ruby Mayellas Augen hatten Mühe, sich anzupassen.

Sie saßen in dem Café, dessen durchsichtige Kuppel den Blick auf Daddys natürliche Umgebung freigab. Es gab fünf Sonnen, von denen drei weit entfernt im

3

allzu spärlichen Tageslicht des Planeten wie zu groß geratene Sterne am Himmel funkelten.

Die größte Sonne (sie nannten sie die Sonne Nummer Eins) aber stand gefährlich nah und bedrohlich direkt über ihnen. Es war im Grunde bloß ein von feurigen Furchen durchzogener Felsbrocken, auf dem ununterbrochen Blitze zuckten. Es war keine Sonne im eigentlichen Sinne, sondern mehr so etwas wie ein innerlich glühender Mond. Ein Glücksfall für den Planeten Daddy, weil diese Sonne sich als Energiequelle nutzen ließ. Und weil der Planet im Fahrwasser dieser Sonne um eine fünfte, im Grunde auch zu schwache, weil überaus weit entfernte echte Sonne kreiste, die außerhalb ihres Blickfeldes irgendwo hinter ihnen bereits wieder unterging. Zu schwach natürlich im Vergleich zur Erdsonne, deren Abstand zum Heimatplaneten hier immer noch als das Maß aller Dinge galt, auch wenn ihr aller Dasein auf der Erde nun schon über hundert Jahre zurücklag.

Trotzdem vertrug immer noch nicht jeder Daddys echte Umgebung, weswegen die Farbverschiebungen die Augen beruhigen und mit dem Anblick versöhnen sollten. „Die hier ist doch gut", sagte Leslie Fiona gerade und Ruby Mayella nickte hinter ihrer Kaffeetasse, aus der sie einen Schluck genommen hatte. Die Farben waren ihr eigentlich zu schrill. Aber wenn sie der anderen gefielen, warum nicht?

Leslie Fiona warf das Modul mit einer lockeren Bewegung in Richtung Wand, wo es leise brummend in einer unsichtbaren Ummantelung einrastete. Aufseufzend wandte sie sich ihrem Kuchen zu, aber nicht ohne ihrerseits Ruby Mayella zuzulächeln. „Wie schön, dass unser Treffen geklappt hat, liebe Ruby Mayella, ich darf Sie doch so nennen? Wir waren uns gleich so sympathisch und glauben Sie mir – ich bin noch nie einem so unfassbar schönen Menschen wie Ihnen begegnet. Es macht mir solche Freude, Sie anzusehen." - „Oh, das geht mir mit Ihnen doch genauso!". Ruby Mayella beugte sich über die Maßen berührt zu der anderen vor. „Sie sind die schönste Frau auf diesem Planeten, da bin ich mir vollkommen sicher. Sie erscheinen mir manchmal wie das Leben selbst in seiner bezauberndsten Form. Hat Ihnen das schon mal jemand gesagt?". - „Ja, stellen Sie sich das bitte vor, liebe Ruby Mayella - mein lieber Lebensgefährte, S.T. Shepard, hat das neulich auch zu mir gesagt." - „Nein, ist nicht wahr.". - „Doch, bitte glauben Sie mir, er hat eins zu eins Ihre Worte verwendet!"

Einander zugewandt schauten sie sich unter der riesigen Sonne Nummer Eins warm lächelnd tief in die Augen. „Shaun Trevor Shepard ist Ihr Lebensgefährte, liebe Leslie Fiona, habe ich das eben richtig verstanden?" - „Vollkommen richtig, meine Liebe. S.T.Shepard – der ranghöchste General auf diesem Planeten ist die Liebe meiner vielen Leben. Möchten Sie mit mir darauf ein Glas Champagner trinken?"

Ohne eine Antwort abzuwarten, schnipste Leslie Fionas schlanke Hand den entsprechenden Befehl in die Luft. Ruby Mayella war vor Staunen die Luft weggeblieben. Die Lebensgefährtin des Generals war nun ihre Freundin. Was für ein Volltreffer.

Ich habe es wieder versucht

Nachher kommt meine Mutter mich besuchen. Ich schwöre, wenn sie wieder die ganze Zeit davon quatscht, wie jemand die Haare trägt und wie er oder sie diesen Schwung der Augenbrauen hinbekommt – dann bringe ich sie um und nicht mich.

Die Tür zum Sprechzimmer meines Psychiaters schwingt leise hinter mir zu und ich sehe noch, wie

der eitle Sack nachdenklich in den Spiegel starrt, der
hinter ihm direkt in Blickhöhe hängt, wie praktisch.
Um sich zum achthundert siebenundzwanzig-
millionsten Mal ins Gesicht zu glotzen, muss er nicht
mal aufstehen, sondern bloß den Stuhl ein wenig
drehen... .

Die Strategie dieses Menschen besteht darin, dass er
fest daran glaubt, dass sich alles zum Besseren
wendet, wenn ich mich nur in ihn verliebe. Wer hat
bitte aus welchen Gründen sonst einen Spiegel bei
der Arbeit rumzuhängen? Die sind doch alle
verrückt hier, sie müssten sich dringend behandeln
lassen. Statt dessen mühen sie sich mit mir ab, das
verstehe mal einer. Wenigstens habe ich einen Plan.

Wenn auch keinen, der sonderlich gut funktioniert.
Das war jetzt der fünfte Versuch. Ich betrachte meine
Handgelenke, die innen bloß ein wenig gerötet und
etwas dicker erscheinen als vorher, sonst sieht man
gar nichts. Die verstehen sich hier aufs Kosmetische,
keine Frage. Und es ist anscheinend nicht mal meine
Haut. Keine Ahnung, woher die Teile stammen, von
mir jedenfalls nicht, ich untersuche mich jedes Mal
anschließend gründlich.

Aber das ist ihnen ganz wichtig, dass bei jedem, den
sie behandeln, die schöne Fassade auf jeden Fall
gewahrt bleibt. Sie werden mich so hübsch wie

möglich wieder herrichten und zu Markte tragen, da kennen sie nichts. Wer dafür leiden muss, wer dafür mal stirbt, das ist ihnen alles vollkommen gleichgültig. Aber freiwillig gehen - sagen, dass man dieses Leben dick hat und nicht mehr mitspielt, das geht nicht und da doktern sie auf Teufel komm' raus an einem herum. Alles im Namen der Gesundheit und ach ja - dem ach so geheiligten Leben.

Wie alt mag dieser Psychiater in Wahrheit sein? Hundert oder schon hundertzwanzig Jahre? Er sieht aus wie dreißig, aber seinem steinalten, müden Blick sieht man an, dass es in Wirklichkeit anders ist. Aber mit den eigenen Zellen lässt sich schließlich anstellen was man will, nicht wahr? Steht genau so in unserer Verfassung. Man darf seine Klone massenhaft züchten lassen und keine Ahnung haben, wie sie behandelt werden, bis man wieder mal einen brauchen kann, um für weitere Jahrzehnte jung und schön zu bleiben. Jedes Tier hat mehr Rechte auf ein eigenes Leben als eins der armen Dinger. Keiner sagt was, alle finden es großartig, es ist scheinbar *die* Lösung, um endlich ewig zu leben. Alles völlig legal und wie es den Klonen zwischenzeitlich ergeht, ist allen total egal.

Allen außer mir. Ich kann das einfach nicht.

Deshalb habe ich ja meinen Plan, deshalb habe ich es wieder versucht. Und werde es weiter versuchen. Damit müssen die eben leben, dass einer beziehungsweise eine nicht damit leben will, womit hier alle unbedingt leben wollen und müssen. Mit ihren verfickten Neukörpern von der verfickten Erde, die sich dafür hergibt, die Zuchtstation für diese Klone zu spielen und brav alle sieben Jahre zu liefern, damit sie hier ewig leben, diese müden alten Säcke in ihren geklauten, jungen Körpern. Zum Kotzen ist das, ich will hier weg. Aber auf die blöde Erde will ich auch nicht. Da bleibt doch nur noch Sterben. Warum sieht denn niemand ein, dass dies *meine* Lösung ist?

¤ ¤ ¤ ¤ ¤

Im Schneckentempo watschelte Mandy Grace zu der Station für den horizontalen Hochgeschwindigkeits-Aufzug, der sie gratis, lautlos und brutal schnell zu ihrem Krankenhaus-Trakt bringen würde. Drinnen ließ sie teilnahmslos bezaubernde, simulierte Erdlandschaften, die sich vor den Fenstern abspielten, an sich vorüberfliegen. Schier endlos weite Obstbaumwiesen, durchzogen von Schafherden. Wogende Weizenfelder mit viel knallrotem Mohn und lila Lavendel an den Rändern, in denen Hühner herumpickten, alles unter einer gleißenden Sommersonne. Ein stiller blaugrüner See mit Schwänen und Ufern voller Schilf und ein üppiger Bergwald, aus dem funkelnd ein Wasserfall herabstürzte.

Wo blieben auf der Erde eigentlich die Menschen ab? Hatte man sie unterirdisch untergebracht, so wie hier auf Daddy die künstlichen Erdlandschaften? Gab es überall auf der Welt einfach immer mehrgeschossige Ebenen, für die man jeweils ein Aufenthaltsrecht besaß oder eben nicht? Mandy Grace beispielsweise durfte Daddys Oberfläche schon seit längerem nicht betreten, das würde sie in ihrem Zustand zu sehr reizen, hieß es.

Sie fühlte sich von ihren Mitreisenden durchweg befremdet beobachtet. Es waren nicht viele, aber junge, schöne und atemberaubend zurechtgemachte Leute, unter denen sie sich, pummelig, im Bademantel, in Schlappen und die Haare ungekämmt, vorkam wie jemand von einem anderen Stern. Oder von einem anderen Planeten, womöglich von der Erde? Obwohl sie doch hier, auf Daddy, geboren war.

Mit Sicherheit aber war sie keine von ihnen.

¤ ¤ ¤ ¤ ¤

In ihrem Raum fand sie statt ihrer Mutter einen Gedichtband auf ihrem Nachttisch vor. Die Metamorphosen des römischen Dichters Publius Ovidius Naso oder kurz Ovid, na toll. Sie feuerte das Buch sofort in die Ecke. Ihre vergessliche Mutter glaubte immer, ihr damit anstelle ihrer Gegenwart eine Art Offenbarung zu liefern, dabei konnte Mandy Grace diesen unfreiwilligen Ausreden-Lieferanten von der Erde schon seit der Schulzeit nicht leiden. Dass dessen Menschengeschlechter seit Anbeginn der Zeiten stetig unmoralischer und blutrünstiger wurden, hatten sie hier seit langem zum Anlass genommen, in immer derselben Generation auszuharren. Das ließ sie sich gottgleich fühlen und die eigene Lebenszeit getrost auf unendlich stellen.

So entgingen sie zwar allerlei katastrophalen Entwicklungen, außer vielleicht der, dass ihre in Wahrheit über hundertjährige Mutter ihr alle naselang dieselben Bücher schenkte und sich ansonsten vor dem Zusammensein drückte. Wahrscheinlich steckte sie in einer ihrer Dichterlesungen, wo sie – ebenfalls auf zeitlos gestellt – die Ergüsse des Ovid wieder und wieder auf die ewig gleiche Weise und natürlich ausschließlich in ihrem Sinne interpretierten, gähn.

Mandy Grace warf sich der Länge nach aufs Bett und schlief geschwind ein, bevor sie wieder anfing loszuheulen.

Etwas hatte Mandy Grace tief erschreckt

„Shaun Trevor? - Kommst du mal bitte!" - Leslie Fiona Jenkins sah in ihrem Luxusreich hier nach und dort, vollführte viele ihrer lässigen Gesten und schnipste mit den Fingern, doch ließ sich der General einfach nicht auftreiben, um einer erwartungsvollen Ruby Mayella vorgestellt zu werden. „Vielleicht hat er etwas Dringendes zu tun?", meinte die Gastgeberin schließlich etwas ratlos und schien das selbst nicht für sehr wahrscheinlich zu halten.

Sie hatte draußen vor der Terrasse in der simulierten Strandlandschaft nachgesehen, sich bei der durchhuschenden Servicekraft erkundigt und erfolglos eine Telefonverbindung zu S.T. Shepard zu knüpfen versucht. „Na - oder er ist gerade spazieren oder was. Dann mixe ich uns jetzt eben erst mal einen Drink!"

Ruby Mayella war einstweilen mit der Umgebung völlig ausgelastet. Sie selbst war ja im Mondtrakt, dem zweitschönsten Distrikt des Planeten Daddy, auch sehr hübsch untergebracht, aber das hier war der Erdtrakt, gewissermaßen oberster Standard. Hier konnte man tatsächlich vor der Strandhausanmutung kilometerweit spazieren gehen, ohne jemandem zu begegnen. Wollte man sich auf dem Weg zurück danach nicht die Füße wund laufen, querte man einfach die Düne, wo ein horizontaler Hochgeschwindigkeits-Aufzug wartete, in dem einen garantiert kein Mitreisender anstarrte. Ruby Mayella hätte nichts dagegen gehabt, das gleich hier und jetzt einmal auszuprobieren, aber dazu hätte sie die von all dem Luxus bloß noch gelangweilte Leslie Fiona zurücklassen müssen und womöglich brüskiert. Aber es war ja auch gar nicht schlimm – irgendwann würden sie die atemberaubende Kulisse für ein sehr nachdenkliches, tiefgründiges Gespräch ganz sicher einmal brauchen können. Ruby Mayella erbebte bereits voller Vorfreude.

Die Distrikte des Planeten Daddy waren - sicher nicht sehr einfallsreich, vielleicht aus Heimweh - nach dem alten Sonnensystem der Erde benannt. In Ruby Mayellas Richtung hätte anschließend der Marstrakt kommen müssen, doch hatte man den ausgelassen. Das hatte mit der frühen Geschichte der

Weltraumbesiedlung zu tun, als eine hochmotivierte Gruppe zur seinerzeit sage und schreibe über sechs Monate dauernden Reise zum Mars aufbrach. Dass der Mars von alters her als Kriegsplanet verschrien war, hatte man ausgeblendet und wollte solchem Aberglauben in moderner Zeit auch keinen Vorschub mehr leisten.

So begann alles äußerst verheißungsvoll, als es den Siedlern gelang, zwei steinalte, früher zum Mars geschossene Rover – Spirit und Opportunity – wieder instand zu setzen und deren Bilder und dank des technischen Fortschritts sogar Filme nahezu live und endlos zur Erde zu funken. Schon bald jedoch fanden die antiken, kleinen Chronisten-Kisten kaum noch Beachtung, weil sich die Leute unerklärlicherweise dauernd in die Haare gerieten.

Auf der Erde, wo sie ja eigentlich auch nicht zimperlich waren, hatte nach einer Weile niemand mehr hinsehen wollen. Die Siedler massakrierten einander wie in den übelsten Splatter-Filmen. Der kleine Spirit setzte sich abermals als erster ab und stellte alle Sendungen ein. Mars-Rover Opportunity hatte das Pech, dem letzten, weiterhin erregt vor sich hin schimpfenden Siedler über den Weg zu rollen. Er bekam alle Wut ab und so sollte das Schicksal des letzten Mannes auf dem Mars für immer im Dunkeln bleiben. Auf der Erde verzichteten sie darauf, ihm den Prozess zu machen. Dort wollte man dieses weitere, unrühmliche Kapitel der Menschheitsgeschichte am liebsten nur noch zuklappen und das Ganze vergessen. Und so gab es auf Daddy – Aberglauben hin oder her – eben keinen Marstrakt. Basta.

¤ ¤ ¤ ¤ ¤

Ruby Mayella saß wie vom Donner gerührt hinter ihrem riesengroßen, farbigen Fitnessdrink und mochte ihren Augen nicht recht trauen, als der General doch noch auftauchte und zwar unvermutet aus den rauschenden Fluten direkt vor ihnen. Er bückte sich nach dem Handtuch am Strand, das sie völlig übersehen hatten, trocknete sich damit das Haar und schenkte ihnen ein strahlendes Lächeln.

Sie kam nicht umhin, ihrem Augenarzt plötzlich recht zu geben, den Ruby Mayella regelmäßig wegen einer vermeintlichen Seh-Schwäche aufsuchte und der sie stets wieder mit der Bemerkung nach Hause schickte, sie sähe in Wahrheit besser als ein Luchs. Es seien bloß die alten, mit Erinnerungen prall gefüllten Hirnteile, die nicht mehr genau hinsehen *wollten*, das müsste halt trainiert werden. Nun zeigten ihre augengymnastischen Übungen offenbar Wirkung,

15

denn sie erkannte auf den ersten Blick und überscharf einiges an der Gestalt von S.T.Shepard, mit dem sie tatsächlich zuletzt gerechnet hätte. Natürlich war er ein blendend aussehender Mann mit einem durchtrainierten Körper, das war gar keine Frage – doch waren beim besten Willen weder die Kränze rund um seine Zwinker-Augen – waren das etwa *Krähenfüße?* - noch seine von einer pergamentartigen Haut überzogenen und etwas welk wirkenden Schultern zu übersehen. Statt sich muskulös zuzuschmälern, stach seine Körpermitte durch sichtbare Hüftknochen hervor, die ihn etwas nach vorne abknicken ließen und der eingefallenen Gesäßmuskeln wegen kamen ihr seine Beine lang vor wie bei einem Storch.

Mit einer Mischung aus Ekel und Erregung registrierte Ruby Mayella, dass Shaun Trevor Shepard, seit ihrer aller Ankunft auf Daddy am höchsten dekorierter General und Quasi-Regent des Planten – nun ja - *alt* wirkte. Er, der ihnen im Grunde dieses Dasein erst ermöglichte und sie in Schleife laufenden Fernsehansprachen unablässig dazu ermunterte, ja nicht zu viel Zeit bis zum nächsten Neukörper verstreichen zu lassen, dies zu beachten sei allererste Bürgerpflicht, er *bitte darum!*, – war mit seinem eigenen Übertritt mittlerweile gut zwei

Jahrzehnte mindestens zu spät dran. Ruby Mayella konnte es nicht fassen. Und du liebe Güte, was hatte ihn in der Zwischenzeit bloß daran gehindert, die kosmetische Chirurgie zu nutzen, das bekam man doch heutzutage alles ganz leicht in den Griff, zumindest hoffte sie das.

Während der Phase lachenden Smalltalks streifte Ruby Mayellas irritierter Blick des öfteren die Lebensgefährtin des Generals, ihre neue Freundin und Gastgeberin, die zwischen ihnen nach Art eines aufgedrehten Schulmädchens wie mit dem Vater und der älteren Schwester herumalberte. Es war nun unübersehbar, dass Leslie Fiona die Klonerei übertrieb und bis auf das äußerste, auch dank Sonderbestellungen ausreizte. Alle fünfzehn bis zwanzig Jahre musste ein Neukörper her und auch der konnte es ihr vor dem Spiegel nur für kurze Zeit und mit sehr viel Training und Kosmetik recht machen.

Daneben saß nun Ruby Mayella, als einzige von ihnen dreien nicht mit einem zelleigenen Leib versehen. Das war fünfzehn Jahre zuvor einfach nicht anders gegangen. Sie hatte unter Lebensgefahr ihren todkranken zweiten Neukörper verlassen müssen und man griff aus der Not heraus zu einem überzähligen Klon, der einer außerordentlich schönen Frau gehört hatte. Was aus dessen eigentlicher Besitzerin geworden war, wusste Ruby Mayella nicht und sie war auch bislang niemandem begegnet, der so ausschaute wie sie jetzt, nur älter. Das einzige, woran sie sich erinnern konnte, war der Schock ihrer damals erst zehn oder zwölf Jahre alten Tochter, die sich lange geweigert hatte zu glauben, dass es ihre Mutter sein sollte, die in diesem ihr völlig fremden, ausgelassenen Teenager steckte, der scheinbar grundlos dauernd um sie herumturnte, während ihre bekannte Mutter verschwunden blieb.

Gut möglich, dass in dieser Ausnahmesituation alle etwas undiplomatisch mit der Heranwachsenden umgesprungen waren - das sah Ruby Mayella jetzt im Nachhinein ohne weiteres ein. Doch zog sie hier auch die Gesellschaft zur Verantwortung, die ihre Einstellung in Bezug auf Nachwuchs alle paar Jahrzehnte änderte.

Einmal galten Kinder als Privatsache, die sich bloß ein paar Rückständige noch antaten, obwohl das Leben doch davon durch die Klon-Technik längst befreit war. Dann wieder profitierte man für ein paar Jahre dankbar von der Leistungsfähigkeit der Nachgewachsenen, die, einmal dazu überredet, als einzige an Arbeit noch richtig etwas wegschafften. In solchen Phasen öffneten sich ihnen die Türen, bis ein paar Bürokraten mit Platznot-Paranoia (Daddy war ja deutlich kleiner als die Erde) wieder alles vorschrieben und umgehend Maßnahmen ergriffen. Schon sollten sich die Nachgeborenen endlich wieder über ihr Bleiberecht glücklich schätzen, ihnen wurden die Löhne gekürzt, Ausbildungen gestrichen, Ansprüche nicht wahrgenommen und so weiter.

Und ihr als Mutter machte man es natürlich auch nicht leicht, deswegen kannte sich Ruby Mayella so gut damit aus. In den nachwuchsfeindlichen Phasen wurde sie immer wieder einmal schriftlich dazu aufgefordert, ihre vor gut achtzig Jahren begonnene Ausbildung fortzusetzen. Ein naturwissenschaftliches Studium, das sich hinzog und zunehmend zur Qual geriet, weil es überall ständig neue, unappetitliche Lebensformen zu entdecken und zu erforschen galt, oft genug schmarotzerhaft lebende. Schon länger verspürte sie dazu nicht mehr die geringste Lust. Am besten wechselte sie bei Gelegenheit doch noch einmal über zu Jura oder Journalismus, wenn sie sie damit gar nicht in Ruhe ließen – oder zu dem, was sich bei ihr doch seit langem in der freien Zeit bewährte, Literatur der Antike.

¤ ¤ ¤ ¤ ¤

S.T. Shepard war mehr als angetan von der Begleitung, die seine Partnerin dabei hatte. Natürlich sah sie zauberhaft aus und war in einem Klon-Alter von vielleicht zweiunddreißig Jahren für ihn außerordentlich begehrenswert, doch das war es nicht oder jedenfalls nicht allein. Während er sie, geblendet durch das künstliche Sonnenlicht, aus halbgeschlossenen Augen betrachtete, traten die Unterschiede zu seiner Lebensgefährtin klar hervor, welche sich um Aufmerksamkeit heischend zunehmend wie ein kapriziöser Fratz gebärdete. Gerade hüpfte sie auf ihren perfekten, langen Beinen barfuß um den Tisch herum und beklagte ihre Zellulitis, diese Geißel der Frauen, gegen die man immer noch nichts erfunden hatte und der sie, wie es schien, niemals entkam, was sie auch ausprobierte. Shaun Trevor hätte sie am liebsten beiseite geschoben, um sich zu konzentrieren. Was war es, dass ihn an dieser neuen, ihm bislang unbekannten Person so sehr anzog?

Das Ergebnis seiner Wahrnehmung erschütterte ihn. Ruby Mayella Clarke hatte auf ihre Art etwas Gereiftes, im Vergleich geradezu Abgeklärtes, ja Mütterliches. Das machte den General deshalb so fertig, weil er sein gesamtes, kloniertes Leben daran gegeben hatte, derlei überholte Eigenschaften der

Menschen überwinden zu helfen. Am wenigsten hatte er noch gegen Vaterfiguren einzuwenden, wobei sich das auch recht geschickt hatte lösen lassen, indem diese Rolle ein für allemal der Kugel zugedacht war, auf der sie nun wohnten.

Wohl mochte er selbst inzwischen auch etwas Väterliches ausstrahlen, weil er mit seinem Übertritt in den Neukörper nun schon so absurd lange wartete. Doch ließen ihn neben den kleingeredeten Risiken des Eingriffs und damit verbundenen Unannehmlichkeiten auch die Vorstellung zurückschrecken, sich dann wieder für zehn, zwölf Jahre Männern wie Frauen gegenüber unberechenbar und beinahe unzurechnungsfähig zu zeigen. Weil die Hormone der frischen Zellen seine knapp werdenden Hirnkapazitäten dann Mal um Mal überschwemmten, das kannte er doch zur Genüge und es nervte ihn mittlerweile weit mehr als dass er sich darauf noch hätte freuen mögen.

Andererseits wusste er auch keine andere Lösung für die weibliche Rolle als die der allzeit Begehrlichen, die immer wieder von der erfahrenen Frau zur Jungfrau wechseln durfte, das war doch dem ganzen Kinderkram auch vorzuziehen. So etwas konnte S.T. Shepard zwar nur vermuten, war aber überzeugt davon. Nicht von ungefähr legte er seinen

Mitbürgern und Mitbürgerinnen den antiken Dichter Ovid so sehr ans Herz und dessen furchtbare – doch wie er hoffte, zutiefst aufklärende – Verkettungen und Verwandlungen von Göttern in Sternbilder, Menschen, Tiere, Steine, Pflanzen und zurück und nicht zu vergessen, ihre davon unberührten, ewigen, familiären Verstrickungen. Jeder auf Daddy sollte doch durch die Lektüre zur Besinnung kommen und ihre gewonnene Lebensweise als einzige leidlich vernünftige, anerkennen und preisen.

Erst recht alle wie er, die noch furchtbare Schuld auf sich geladen hatten und dazu verurteilt waren, diese für immer zu empfinden, beispielsweise gegenüber dem Kind, das Leslie Fiona Jenkins einst gewesen war.

Aber so leicht ließen sich alte Gefühle wohl nicht ausrotten.

Etwas hatte mich zutiefst erschreckt

Der Pfleger lehnte auf der Schwelle zum Raum und quälte die Tür ein bisschen, welche pustend und prustend versuchte, endlich wieder hinter ihm zu zu schwingen.

„Mach' nur so weiter", sagte Mandy Grace und hob kurz und gelangweilt den Blick von ihrem Fertigungsmodul, „und du löst den Alarm aus."

Ihre Haltung war natürlich vorgetäuscht, aber so bekam sie ihn schließlich in ihr Zimmer. Mit sparsamen Bewegungen tänzelte er herein und obgleich sein Körper jungenhaft schmal war, sah man ihm eine Sprungkraft an, wie sie sich an allen Fitnessgeräten dieses Planeten nicht trainieren ließ, so sehr man es auch versuchte.

„Wie heißt du?, fragte sie knapp und ohne, dass sie einander anschauten. Es war ziemlich dunkel, er fixierte etwas an der Wand, sie behielt die Augen fest auf ihr Gerät geheftet.

„Zorro."

„Und, weiter?"

„Zorro, Baby!"

„Zorro Baby? Was ist'n das bitte für 'n Name?"

„Nur Zorro, Baby. Baby, das bist doch du, Baby." Er grinste kaum merklich in ihre Richtung, mehr spürbar als wirklich zu sehen.

„Sehr erfreut", bemerkte sie spitz. „Ich bin aber Mandy Grace!"

„Weiß ich doch, Baby. Weiß ich doch."

Seine Stimme tönte rau aus der Zimmerecke. Dort lehnte er an der Wand und stützte die Stirn stöhnend in die Hände. Dabei kaute er permanent etwas.

„Was kaust du da?"

„Kat."

„Kat?"

„Ja". Er stöhnte wieder und schaute weiter durch die Gegend. „Kat."

Es war ein Anfang. Mandy Grace, die in der Schule nie durch etwas anderes aufgefallen war als durch ständige Fragen und Widerspruch, hatte sich zuvor in Nullkommanichts in den holografischen Arbeitsplan des Pflegepersonals gehackt und sich bremsen müssen, um sich Zorro nicht zu eifrig und noch halbwegs glaubhaft zuzuteilen. Nachdem das geschafft war, fehlte noch eine neue Gewandlung und hier stellte sie sich schon weniger geschickt an.

Die vielfältigen Möglichkeiten des Gewandelns waren nach dem Klonen wohl die bahnbrechendste Erfindung oder besser Fortentwicklung auf Daddy und das Zugpferd der Bekleidungsindustrie. Die Besiedler des Planeten waren ja alles andere als unschuldig an der massiven

Ressourcenverschwendung auf der Erde gewesen und hatten aus diesem Umstand lernen wollen. Dazu schätzten es die Damen noch nie, Kleider auch nur ein einziges Mal aufzutragen und all die Raumfahrtkluft war ohnehin scheiß-ungemütlich und stand nicht jedem.

So waren sie auf die Idee gekommen, eine Art Urgewand um den Körper zu wickeln und dieses durch eine fein abgestufte Elektronik und dank unverhoffter Interaktionen mit der Haut erst allmählich und mit peinlichen Zwischenergebnissen, doch dann stetig gelungener und äußerst abwechslungsreich zu gestalten. Besonders natürlich die Frauen beherrschten die Technik bald virtuos und wer befürchtete, die Evolution könnte auf Daddy ins Stocken geraten, der brauchte bloß mal einer bei der Auswahl ihrer Garderobe zuzusehen. Ganze Fashion *Werks* knallten in Millisekunden am Auge des Betrachters vorbei, ein Rausch aus Schnitten, Formen und Farben, während sie, unbeteiligt dreinschauend und vom Licht ihres Fertigungsmoduls kühl angestrahlt, mit unglaublich schnellen Fingern Wunder um Wunder im Entstehen gleich wieder verwarf, unterbrochen nur durch kurze, ungehaltene *Mmh*- und *Tzz*-Laute. Von außen blieb es ein Rätsel, welches der Wunder sie dann auf einmal zufrieden stellte, auch weil sich die Planerin übergangslos etwas anderem widmete.

Natürlich war nicht jeder gleich begabt darin und man konnte das auch von Fachleuten machen und aus der Ferne programmieren lassen, gegen das entsprechende Kleingeld. Hatte man zu Beginn noch einen Arbeitsplatzabbau befürchtet, zeigte sich schnell, dass hier allemal genug zu tun blieb.

Mandy Grace jedoch war bei alldem denkbar rückständig und auch nicht bei Kasse. Ihre Festeinstellungen „Bademantel" und ein Kaftan, der ihre Pfunde etwas kaschierte, aber wenigstens keinen Gürtel brauchte, den sie ständig verlor, reichten nicht für das, was sie vorhatte. Außerdem war kürzlich jemand bei ihr aufgetaucht und hatte alle Gewandlungs-Typen mit Gürtel gesperrt.

Doch ließ sich mit den Befehlen *figurbetont* und *anliegend* in ihrem Alter und beim anderen Geschlecht ja nichts groß falsch machen. Was sie jedoch die halbe Nacht an ihrem Gerät hatte herumfummeln lassen, waren ihre Haare, ebenfalls gestaltwandlerisch beeinflussbar, aber doch nochmal eine ganz andere Nummer. Das Ergebnis ihrer Bemühungen sah nun aus wie ein sturzbetrunkener Turm, an dem sich ein paar Strähnen hoch zu hangeln versuchten. In ihrer Not hatte sie sich dann irgendetwas mit ihren Augen ausgedacht und das Licht so weit wie möglich herunter gedimmt.

Das fiel ihm nun auch so langsam auf und mit einem gebrummten „Wieso is'n hier kein Licht?" ließ er es auch schon erstrahlen.

Unfreiwillig gelang Mandy Grace so, was noch niemandem gelungen war. Ihm kippte seine übliche Wand aus Misstrauen aus dem flachen Gesicht mit den schrägen, schmalen Tieraugen und machte im Bruchteil der Sekunde einer zauberhaft vergnügten Miene Platz, mit der er lauthals losprustete, worauf er ihr „Oh man, man, oh man, man, man" vor sich hin murmelnd das Modul wegnahm und eine Weile kopfschüttelnd darauf herumtippte. Zum Schluss formte er mit einem Griff das Hologramm zum Spiegel und hielt es ihr hin.

Gar nicht schlecht! Ein schimmernder Turban thronte nun auf ihrem Kopf und ließ Mandy Grace's maulige Schnute darunter zart und erhaben wirken, eine Locke rieselte von hinten um den Hals herum bis nach vorne in ihre Schlüsselbeingrube.

¤ ¤ ¤ ¤ ¤

Das Eis war gebrochen und so fragte Zorro Mandy Grace, wieso sie denn nun aber hier gelandet sei, im Krankentrakt. Dass ihr die Klone so Leid taten, schien er nicht zu glauben. Dazu muss vielleicht erwähnt werden, dass sämtliche Pfleger und Pflegerinnen der Krankenstationen von der Erde stammten und einmal Klon-Transporte begleitet hatten. So waren sie auf Daddy gelandet, bis ein anderes Raumschiff sie wieder mit zurücknehmen würde.

Der Grund des Ganzen lag einfach darin, dass sie auf der Erde Klon-Begleiter immer brauchen konnten und hier war man auch ganz froh, auf diese Weise an konkurrenzlos preiswertes Pflegepersonal zu kommen, das sich vor der Rente wieder wegschicken ließ. Da die Klon-Transporte für junge Erdianer mit die einzige Möglichkeit zu sein schienen, wenigstens einmal im Leben etwas von der Welt zu sehen, stieß Mandy Grace mit ihrem Protest gegen das Klonen bei ihm nicht unbedingt auf offene Ohren. „Hä, na und?", meinte er bloß und „Jeder würde doch gern ewig leben!". Schließlich nahm er sie sanft beim Kinn, drehte ihr Gesicht zu sich herum und fragte „Hey, warum bist du *wirklich* hier?"

Damit überrumpelte er Mandy Grace. „Du kennst doch meine Mutter, oder?", murmelte sie mit niedergeschlagenen Augen. *Ja, er kannte ihre Mutter.* „Findest du, dass wir uns ähnlich sehen?" Nein oder nicht direkt, konnte er jetzt nicht so genau sagen.

„Wir sehen uns kein bisschen ähnlich", beharrte sie schließlich. „Weil sie in einem wildfremden Klon steckt. In dem Körper, mit dem sie mich geboren hat, habe ich sie zuletzt als Kind gesehen. „Und dann – zack", sie schnipste mit den Fingern in die Luft und erzeugte damit aus Versehen Festbeleuchtung, „war meine Mutter auf einmal weg und diese Fremde hat gesagt, sie wäre jetzt meine Mutter! Das war ein Schock, verstehst du das? Ein *Schock*. So was versteht doch *kein Kind*."

Er wirkte immer noch nicht ganz überzeugt. Vielleicht, weil er seine eigene Mutter nie gekannt hatte. „Warum?", fragte sie neugierig, doch da begann er, vor sich hin zu summen, und wandte sich ab.

„Wie ist es auf der Erde so?"

„Baby, darüber darf ich nichts sa-gen!"

„Warum darfst du mir darüber nichts sagen?"

„Warum, warum, keine Ahnung, warum. Es ist e-ben verbo-ten!"- Er stupste sie ganz leicht auf ihre Nasenspitze.

„Hä? So ein Quatsch. Du erzählst mir sofort, wie es auf der Erde ist!"

Tat er nicht und überhaupt musste er jetzt dringend weg und war schon viel zu spät dran.

So ein Arsch, dachte sich Mandy Grace, als sie wieder allein war. Ich erzähl' dem mein Innerstes und er sagt mir überhaupt nichts.

Aber das änderte nichts daran, dass sie ihn mochte.

Was Mandy Grace alles entging

Im Kreise des Lesezirkels von Ruby Mayella Clarke hatte Edward Elias Johnson gerade zu rezitieren begonnen, als er sich selbst schon wieder unterbrach.

„Und so wie alle anderen lebenden Geschöpfe hinter einem Gott zurückstehen - so viel geringer ist dein Ruhm im Vergleich zu dem meinen", hatte er eben noch mitreißend vorgelesen und so einen Zwist zwischen den Göttern Amor und Apollon eingeleitet.

Die Worte standen noch im Raum, als er innehielt, aufschaute und langsam einen nachdenklichen Blick in die Runde schickte. „Spontan kommt mir dabei die Frage in den Kopf", meinte er, in ganz ähnlichem Ton wie beim Lesen. „Was es denn nun eigentlich sein soll, was einen sogenannten Gott von den Menschen unterscheidet."

Er fuhr fort, sich umzublicken und bevor er nun jeden einzelnen von ihnen grüblerisch eine Weile fixierte, antwortete lieber jemand etwas lahm: „Wenn es nur alle Beteiligten schaffen, lange genug am Leben zu bleiben, dann doch – nichts!"

Edward Elias Johnson's Gesicht hellte sich auf. „Ja-ha!", rief er nun auflachend aus. „Ja-ha, das könnte man glatt so sehen, nicht wahr? Das könnte man so sehen.". Er nickte feinsinnig lächelnd, murmelte „Sehr gut, sehr gut, das macht Spaß mit Ihnen, wirklich großen Spaß", und ließ den Moment noch ein bisschen wirken.

Dann senkte er urplötzlich wieder den Kopf, um sie weiter in die spannungsgeladene Sagenwelt auf der Erde zu entführen.

¤ ¤ ¤ ¤ ¤

„Inachus allein bleibt weg. Im Innersten seiner Grotte verborgen, lässt er seine Flut anschwellen durch Ströme von Tränen, während er schmerzgebeugt den Verlust seiner Tochter Io betrauert. Er weiß nicht, ob sie noch lebt oder schon bei den Toten ist. Allein, da er sie nirgends findet, glaubt er auch, sie sei nirgends und ahnt im Herzen das Ärgste.

31

Als sie ihren Vater, den Flussgott, verließ, hatte Jupiter sie erblickt und so zu ihr gesprochen: *Jungfrau, die du Jupiters würdig bist, wen wirst du wohl dereinst durch deine Liebe beglücken? Komm doch in den Schatten des Hochwalds.* Dabei zeigte er ihr den schattigen Wald.

Komm, solange es heiß ist und in der Mitte der Bahn die Sonne am höchsten steht. Fürchtest du aber, allein einen Ort zu betreten, wo wildes Getier sich versteckt hält, so sollst du sicher im Schutz eines Gottes, mir, in die Waldeinsamkeit folgen. Keines gewöhnlichen Gottes, in meiner Rechten führe ich das himmlische Zepter, ich sende die Blitze. Fliehe nicht vor mir.

Sie aber floh schon, hatte bald die Weiden von Lerna hinter sich und die baumbestandene Flur im Bergland von Argos, als plötzlich der Gott über das weite Gefilde Finsternis zieht und es einhüllt. So hemmt er die Flucht und raubt Io die Unschuld."

Ruby Mayella hatte dieses Mal wirklich Mühe, dem Diskurs aus der Reihe „Die Metamorphosen des Ovid: Eine Szenenauswahl in improvisierter Betrachtungsweise" zu folgen und rutschte auf ihrem Sitz unruhig hin und her. Dazu musste sie sich leise räuspern, weswegen ihr auch die folgende Sequenz fast vollständig entging.

„Mittlerweile schaut Juno gerade auf diese Gefilde hernieder und verwundert sich, wie bei hellem Tag sie flüchtiger Nebel mit Nacht deckt. Sie bemerkt, dass der Dunst von keinem Fluss kommt und auch nicht vom feuchten Erdboden aufsteigt. Sogleich blickt sie sich allenthalben nach ihrem Gemahl um, denn ihr waren des oftmals Ertappten heimlichen Liebschaften nichts neues. Da sie ihn nicht im Himmel entdeckt, spricht sie: *Entweder es trügt mich mein Sinn oder ich werde betrogen.*

Hoch vom Äther lässt sie sich dann zur Erde herab und gebietet dem Nebel zu weichen. Allein Jupiter hatte bereits die Ankunft der Gattin geahnt und ...".

An dieser Stelle fand Ruby Mayella in das Geschehen zurück, wohl auch, weil sie auf einmal merkte, wie der Vorleser sie ungnädig scharf in den Blick genommen hatte. Etwas erschrocken blickte die so Gemusterte auf und schaute beklommen zurück.

„... die reizende Tochter des Inachus in eine schneeweiße Kuh verwandelt ...".

Edward Elias Johnson machte eine Pause und betrachtete sie nun unverhohlen wütend. Und beinahe alle Kursteilnehmer schienen sie mit einem Mal, ohne dass jemand einen Ton von sich gab, auf geradezu unheimliche Art und überwiegend unfreundlich zu beäugen.

Ruby Mayella fühlte sich äußerst unbehaglich. Sie ahnte natürlich, weshalb sich die anderen so ungehalten zeigten. Schon seit geraumer Zeit machte ihr Edward Elias Johnson den Hof, das war ja auch vollkommen in Ordnung und galt als ausgesprochen höflich. Doch bereits ebenso lange ging sie darauf in keiner Weise ein, was jedermann verwunderte und schließlich offenbar nicht nur ihn verärgert hatte. Mochte sich seit den mehr als zweitausend Jahren, vor denen Ovid gelebt und seine Geschichten aufgeschrieben hatte, auch viel verändert haben, was eine Frau wollte oder in diesem Falle eben nicht wollte, kam bei den Mitmenschen weiterhin nicht gut an.

Bei ihr ja sonst eigentlich auch nicht, wenn sie ehrlich war. Ruby Mayella war nie ein Kind von Traurigkeit gewesen und das galt wohl für jeden, der die sieben Jahre Raumfahrt von der Erde hin zum Planeten Daddy mitgemacht hatte. In all der Angst und Verlorenheit jener Zeit hatten die Geschlechter in nie gekannter Weise leidenschaftlich zueinander gefunden. Alle hatten sich, wo immer sich für zwei von ihnen ein Augenblick erfüllter Vereinigung bot, diesen genutzt und darüber mit dem Schicksal ausgesöhnt. Und das sollte sie auf dieser wohl gewaltigsten Flucht der Menschheitsgeschichte buchstäblich über alles hinwegtrösten. Es war, als ob die Menschen in diesen erfüllten Momenten das Leben selbst als größte Kostbarkeit in sich entdeckt hatten und quasi als Frucht nicht nur des Leibes, sondern vor allem auch des Geistes und des guten Mutes, mit sich führten. So hatten die immer neuen Freuden zwischen Mann und Frau etwas Heiliges erhalten, auf das man auch später in der neuen Heimat nicht mehr verzichten wollte.

Die Institution Ehe war zwar nicht abgeschafft, doch schien es immer unwahrscheinlicher, dass hier der Tod noch jemanden schied. Und welcher Bindung traute man denn zu, dass sie ewig hielt, noch dazu unter solchen Umständen? Liebe zerbrach laufend und fand sich eben wieder. Und so war es im Grunde auch hier im Kurs abgelaufen, als Ruby Mayella in ihrem zweiten Neukörper (dem schwierigen) ein paar Jahrzehnte zuvor mit dem Dozenten eine Affäre begonnen hatte.

Mit seiner ganz besonderen Art hatte Edward Elias Johnson sie dabei allerdings völlig überrumpelt. Zwar war es Ruby Mayella gewohnt, dass sich Liebhaber ihrer bemächtigten. Bei manchem ersetzte Ungestüm den Einfallsreichtum, ein anderer war tatsächlich einfallsreich, wieder ein anderer vielleicht einfühlsam. All das hatte seinen Reiz. Sie kannte es nicht anders und mochte es so.

Doch Edward Elias hatte eingangs geflüstert, bei ihm könne sie ihre Scheu ablegen und voll aus sich herausgehen, so wäre es ihm recht. Sie flüsterte zurück, das sei für sie in Ordnung, aber was er denn bitte Bestimmtes meine. Eine Antwort erhielt sie nicht mehr und hätte nun am liebsten alles wieder abgebrochen, wenn ihr das nicht so furchtbar unhöflich vorgekommen wäre.

Es machte Ruby Mayella völlig fassungslos, wie es sein konnte, dass sich ein so schöner und ebenso beredter wie belesener Mann bei einer Sache wie dieser derart anstellte, aber zuweilen passte es zwischen zwei Leuten eben einfach nicht. Ihrer Enttäuschung Ausdruck zu verleihen, dazu blieb keine Gelegenheit, weil er sich noch viel enttäuschter zeigte und ihr noch nicht einmal, wie traditionell üblich, ein schönes Frühstück machte.

Sie wäre vielleicht nie wieder in den Kurs gegangen und er beachtete sie dort zunächst auch gar nicht mehr, wenn sie ihm nicht hätte mitteilen müssen, dass sie schwanger war. Auch ohne die Option Familie waren Väter für die Kinder wichtig, wenn sie denn nun schon einmal auf der Welt waren. Das sahen die Väter in der Regel selbst so und gaben ihren Sprösslingen meist zu ihrem Nachnamen noch vielerlei Fürsorge und Zuwendung dazu. Es war einfach das, was man machte und mit Kapitän Friggs, dem Vater ihres Sohnes Ewan Jesse, hatten Mutter und Sohn immer ein sehr gutes Verhältnis gepflegt und zu dritt viel unternommen, auch noch, als der Kapitän und sie längst kein Paar mehr bildeten.

Für ihre Tochter wollte sie nichts anderes und hatte noch Hoffnung geschöpft, als der Dozent sie all der Unannehmlichkeiten wegen bedauert hatte und ganz klar einsah, dass sie dem Kurs nun eine Weile würde fernbleiben müssen. Das Kind später einmal mitzubringen, das ging natürlich nicht, aber sie überreichte ihm ein Kästchen mit kleinen Habseligkeiten wie Name und Adresse des Babys, seinem Armbändchen von der Geburtsstation, ein paar Fotos und einer kleinen, liebenswürdigen Schilderung der Ähnlichkeiten zwischen ihm und dem Säugling, die sie entdeckt zu haben glaubte. Was für eine Mühe sie sich doch gemacht hatte! Er versprach gestenreich, das Kästchen in Ehren zu halten und überging, dass es als Kontaktaufnahme gemeint war.

Ihre Mühe sollte damit nicht enden. Seit ihre Tochter auf der Welt war, hatte sie tapfer versucht, Vater und Kind Brücken zueinander zu bauen. Und das war es wohl auch und keine Nostalgie, was sie nach dem Übertritt in ihren dritten, Zell-fremden Neukörper bewogen hatte, wieder in den Kurs zu gehen. Und da sich die Teilnehmerzahl mit den Jahren doch allmählich ausdünnte, hatte sich auch der Dozent über ein neues Gesicht sehr gefreut.

Doch wollte sie Edward Elias Johnson's neuerlichen Avancen und seinen Beteuerungen, mit einer Frau wie ihr sei für ihn alles vorstellbar, keinesfalls ein weiteres Mal und aus purer Höflichkeit nachgeben und saß nun deswegen hier und wurde von allen angestarrt.

Etwas von ihrer widerspenstigen Tochter schien in Ruby Mayella Clarke aufzublitzen, als sie auf einmal frech fragte: „Hat der Begriff blöde Kuh für eine Frau eigentlich damit zu tun, dass die arme Io von Jupiter so verwandelt worden ist?"

Zunächst herrschte verblüfftes Schweigen, in das Edward Elias, dessen Gesicht sich verächtlich verzogen hatte, hinein rief, „Aber nein, meine Gute, wo nehmen Sie denn heutzutage noch diese frauenfeindliche Bemerkung her?", doch ging das schon im allgemeinen Raunen der übrigen

Kursteilnehmer unter. Allenthalben wurde genickt und darüber gestaunt, dass sich in den weit über zweitausend Jahren nach Ovid die Verwandlung der armen Io zu einer Kuh in der „blöde Kuh"-Bezeichnung für Frauen und unter Frauen gehalten haben könnte. Doch, kannte man. Wurde noch verwendet und das nicht mal selten.

Edward Elias Johnson lachte gezwungen und meinte, da hätten sie ja dieses Mal schön improvisiert. Aber diese Unterbrechung hätte sie viel Zeit gekostet, die sie nun nicht mehr hätten. Damit leitete er das Ende der Stunde ein, freute sich auf den nächsten Termin, bei dem er alle gesund und munter wiederzusehen wünschte und dimmte bereits das Licht herunter. Schwatzend liefen alle hinaus und er winkte der langsamen Ruby Mayella ungeduldig, die vor Aufregung die Pfeif-Kombination für ihre Handtasche vergessen hatte. Die kam glücklicherweise von alleine angesaust und öffnete sich bereitwillig vor ihr, so dass sie das altmodische Buch demonstrativ hineinplumpsen lassen konnte.

Die Tasche unter ihre Achsel geschmiegt und mit deren eingeschalteter Notbeleuchtung den Dozenten ordentlich blendend, rauschte Ruby Mayella Clarke wie eine Königin an ihm vorbei. Wer weiß, vielleicht ging hier wirklich eine Ära zu Ende. Neben vielem anderen, was Edward Elias Johnson nicht wusste, gab es ja noch die Tatsache, dass sie inzwischen von einem ganz anderen Mann begehrt wurde.

Von einem ganz anderen Typ Mann.

Was mir alles entgangen ist

In meinen jungen Jahren, als ich noch zur Oberfläche des Planeten durfte, ging ich mit meiner Mutter häufig in eins der vielen Museen, die man dort besichtigen kann. In dem vereisten Gebirge auf der Südhalbkugel, wo sich die Leute auf illegalen Skipisten die Füße brechen, befinden sich auch langgestreckte Hochebenen und dort haben sie einfach alles stehen lassen, womit sie ankamen. Die flitzigen Raumgleiter, mit denen seinerzeit die Vorhut auf Daddy eintraf, Jahrzehnte vor den „Lastkähne" genannten Riesenraumfähren, die schweres Gerät zum Planeten brachten, um dessen natürliches Höhlensystem *siedlungsgerecht* zu erweitern. Anschließend haben sie im Innern quasi bloß noch Licht gemacht und so in dem „nassen Riesenschwamm" Daddy Sauerstoff produzierende Mikroben befördert, die nach ein paar Jahren eine Atmosphäre geschaffen hatten, womit sich bis heute leben lässt und welche sich dank des Magnetfelds von Sonne Nummer Eins im Dunstkreis der beiden hält. Und nicht zu vergessen die immense Raumschiffflotte natürlich, es sind wahrscheinlich Hunderte, niemand hat sie gezählt oder ich jedenfalls nicht. Aber eins wie das andere sind sie allesamt gewaltige Zeugen des Exodus unserer Spezies von der Erde hierher.

Von dem glamourösen Anstrich, den man ihnen damals trotz der Eile noch verpasst hatte und der auf den Aufnahmen im Museum zu sehen ist, bemerkt man nichts mehr, dafür waren die Verhältnisse unterwegs wohl zu heftig oder sie stehen schon zu lange hier. Auch ihre noch von echten Spaßvögeln verliehenen Namen haben die *Exodus 1*, die *Und-tschüß,-Erde!* oder die *Wir-sind-dann-mal-weg!* lange eingebüßt, sie überleben oft nicht mal mehr in der Erinnerung. Ehrlich gesagt sehen die Schiffe hier und jetzt von außen nur rostig, zusammengezimmert und mitgenommen aus. Und doch können sie einen stolz machen, selbst jemanden wie mich und meine Mutter sowieso.

Im ewigen Tagesdämmerlicht, welches wir dem Zwerg, Sonne Nummer 2, verdanken, der zwar ähnlich weit entfernt vom Planeten ist wie die Erdsonne von der Erde, aber eben wohl im Vergleich klein und schwach, fühlt man sich im Inneren der alten Flotte wunderbar sicher vor der Schwärze des Alls wie vor allen tödlichen Strahlen einst. Oder auch bloß vor der Düsternis und den ständigen Gewittern draußen heute, in den von innen beleuchteten Riesen mit ihren Cafés, Museen, Clubs und was man noch so alles in ihnen untergebracht hat. Man muss nicht mal zur Oberfläche und von dort aus dorthin, sondern kann sich vom Hochgeschwindigkeits-Aufzug direkt herbringen lassen um dann in einem von ihnen nach oben zu steigen.

¤ ¤ ¤ ¤ ¤

Besonders oft besuchten wir die ehemalige *Exodus 1*, in der sie eine Dauerausstellung zu Jonathan Armstrong Wardley eingerichtet haben, dem begnadeten Gehirnchirurgen, dessen Technik hier alle ihr ewiges Leben mittels Hirntransfer in junge Klone verdanken. Leider ist er selbst vor vielen Jahrzehnten bei einem Routineeingriff verstorben und sein altertümlich wirkendes Raumhologramm zeigt ihn in der Gestalt einer gebückten, alten Frau mit maskenhaftem, durch Kollegen komplett verschandeltem Gesicht. Auf meine Frage hin, wieso sie denn kein gefälligeres Bild aus jüngeren Jahren für das Hologramm hätten hernehmen können, sagte meine Mutter immer nur, er sei nie eine Schönheit gewesen und das hätte bei ihm auch nicht die geringste Rolle gespielt. Für mich war das immer sehr schwer zu glauben.

„Und beim Sex?", habe ich neugierig nachgefragt, um sie aus der Reserve zu locken und weil sie hier ja immer alle so locker drauf sind. Nur, um mich dann vor ihrer Antwort gründlich zu ekeln. Wie oft müsse sie mir das eigentlich noch erklären, pflegte meine Mutter zu entgegnen, wozu sie mich tugendhaft und überlegen anlächelte. Es ginge doch bei der Liebe nicht vorrangig um die körperliche Vereinigung, sondern es handle sich dabei in erster Linie um eine wunderbare Möglichkeit der *Seelenbegegnung*, du meine Güte, was wir denn in der Schule überhaupt lernen würden, wenn sie einem das noch nicht mal beibrächten und blablabla, ...

Es endete immer mit meiner frechen Bemerkung, bei Wardley hätte man dazu aber die Augen sehr fest verschließen müssen, am besten wäre man blind. Die sie sich gar nicht anhörte, weil sie schon raschen Schrittes weitergeeilt war, bis ich sie vor dem sehr frisch und wie gestochen wirkenden Raumhologramm unseres gut gebauten und einnehmend lächelnden Generals S.T. Shepard wieder einholte. „Hattest du mal was mit dem?" kam ich schon mit der nächsten Frage, weil sie davor – Seelenschmelz gut und schön – immer Ewigkeiten über stehen blieb, doch sie schüttelte nur den Kopf, nein, bedau-erlicherweise nicht, nein.

An den Hologrammen hatten sie sich insgesamt nicht abgearbeitet, sondern die meisten geschichtlichen Hintergründe einfach plakativ an die Wände gepinnt. Mindestens ebenso gebannt und versunken, wie meine Mutter vor den Hologrammen stand, blieb ich vor *ihrem* Bild stehen. Vor dem sensiblen, ernsten Gesicht, das seinen Betrachter selbst skeptisch und distanziert zu mustern schien. Vor ihrer uneitlen Laborkluft, in dessen Tasche sie die eine Hand versenkte, während die andere, sehr zarte Hand mit den langen Fingern den Bügel ihrer Brille festhielt, die wirkte, als sei mein Idol nichts ohne sie und ihr unendlich wichtig.

Ich stand vor dem schlichten Schwarzweiß-Porträt der großen Klon-Forscherin Alison Ivy Pabst, geborene Maddock, und konnte mich nicht daran sattsehen. Nur dem langen, nebenstehenden Text habe ich es zu verdanken, überhaupt lesen zu können. Aber diesen Text wollte ich sofort begreifen, *sie* wollte ich immer unbedingt verstehen können.

Wie kommt es nur, dass ausgerechnet ich jemanden scheu verehre, der mindestens ebenso maßgeblich verantwortlich dafür zu machen ist, was hier heute durch das Klonen an legalen Serienmorden geschieht wie der bucklige, zwergenhafte Gehirnchirurg J.A. Wardley? Ich erkläre es mir damit, dass Alison Ivy das alles *nie gewollt* hat, dass sie mit ihrem Mann auf der Erde geblieben ist und allen Gefahren zum Trotz auch niemals von dort aufgebrochen wäre. Gerald Donovan Pabst und seine Frau waren ihrer Forschung verfallen, nicht der Idee des ewigen Lebens.

Angefangen hatte es wohl zu dritt und war lange so gegangen, die Pabsts und Wardley als für ihre Arbeit brennende Kollegen und Freunde. Es war ein offenes Geheimnis, dass sich beide Männer in Alison Ivy verliebt hatten und es blieb ein Geheimnis, ob sie möglicherweise auch einander liebten oder sich alle zu dritt. Nichts davon steht in dem Text, aber irgendwann folgten der Leidenschaft ernsthafte Zerwürfnisse, für die man, wie könnte es anders sein, Alison Ivy als Grund angab.

Dabei war Wardley, wie ich glaube, der Welt der Superreichen immer eher zugetan als seiner Medizin und Forschung, die für ihn letztlich wohl nur ein Sprungbrett bildeten, um endlich dazuzugehören. Er setzte ja auch als erster den Fuß in die *Exodus 1* und das wahrscheinlich ohne zurückzublicken auf Alison

Ivy oder Gerald Donovan, die doch angeblich die Lieben seines Lebens waren.

Gerald Donovan Pabst hat, vermutlich aufgrund seines außerordentlichen Geschäftssinnes, den Milliardärs-Kult auch schon sehr geschätzt und ihn befeuert, allein schon um sein Klon-Institut immer größer und mächtiger werden zu lassen. Doch schlussendlich profitierten sie alle von Alison Ivys Können. Von der Frau, die kein anderes Hobby pflegte als das verborgen betriebene und bloß in einem kleinen Abschnitt erwähnte, dass sie jedoch überaus geduldig, still und freudig nachvollzog, nämlich dem, wie sich Leben bildet und das sie – ja, als einzige Person aller bekannter Welten bislang - selbst *schuf*.

Na ja, oder sie hat zumindest entdeckt, wie es funktioniert. Alison Ivy Pabst hatte nie an Zauberstäbe und Funken geglaubt, denen unter Schall und Rauch die Schöpfung fertig entstieg, so doof war sie nicht. Sie war im Grunde eine Chemikerin, die den Neigungen der Moleküle nachzuspüren verstand. Ob sie das in lebenden Zellen machte oder außerhalb von Zellen, war gar nicht das Thema.

Die Moleküle, die sie im Wasser ihrer Laborbecken sich selbst überließ, formten Ketten, die, wozu

Ketten ja neigen, sich munter untereinander verknäuelten. Es gab verschiedene Sorten und vielleicht weil alle dasselbe wollten, ging zwischen all den Ketten und Knäueln zunächst einfach weniger kaputt. Und nicht nur das, sich im Verbund zu verketten klappte besser, was man aus der Chemie schon kannte. Ein Stoff schien den anderen noch dabei anzuspornen zu wachsen.

Beinahe unmerklich zeigte dabei jede Kettensorte gewisse Vorzüge. Die einen halfen nach einer Weile ganz versessen bei der Bildung der anderen und die so Gebildeten revanchierten sich, indem sie die Ketten ihrer Bildner möglichst zweckmäßig erhielten. Danach war es eine Frage der Zeit, bis Alison Ivy in einem der Becken gut sortierte Päckchen vorfand, in denen die Erhalter ihre Knäuel erst zur Bildung anregten und schließlich sorgsam auf kleine, wassergefüllte Waben aufteilten. In letzteren erkannte Alison Ivy Zellen, zwar ziemliche Sparversionen derselben, welche sich aber schon fleißig zu vermehren in der Lage waren.

Diesem Prinzip schien etwas so Grundsätzliches anzuhaften, das die erstaunte Forscherin es sogar in ihrer Ehe wiederzufinden glaubte, in der sie selbst als „Bildnerin" geduldig forschte, während sie von ihrem geschäftstüchtigen Ehemann fürsorglich erhalten wurde.

Das war auch nötig, denn mit der Schaffung von neuem Leben ließ sich ja schon damals kein Blumentopf gewinnen. Cash gab es höchstens für bereits bestehende, bestens funktionierende, komplexe Systeme, welche sich störungsfrei kopieren ließen. Wie sie es beispielsweise bei jungen Klonen von reichen, alten Leuten ja so ausgezeichnet hinbekam, viel besser als alle, die das sonst noch versuchten.

Mandy Grace wusste nichts von der Erde

Meine Mutter wurde immer irgendwann unruhig und eifersüchtig, wenn ich zu lange vor dem Foto der Forscherin stehen blieb. „Du hast ein völlig falsches Bild von der Frau im Kopf", sagte sie dann und ihre Miene war nun alles andere als tugendhaft und überlegen. „Ich kannte Alison Ivy. Zwar nicht besonders gut, aber gut genug um zu wissen, wie sehr sie es sich leisten konnte, in ihrer eigenen Welt zu leben."

Wie sie anschließend nie vergaß zu erwähnen, war
die Forscherin eine gebürtige Maddock gewesen und
in den zwei Milliardärs-Familien, den Clarkes und
Maddocks, kannte man sich halt. Es waren dieselben
Kreise und sicher keine, in denen sich jemand auf
irgendeine Weise noch hätte hocharbeiten müssen.
„Viele Maddocks leben hier auf Daddy. Und sie sind
es vor allem, die an diesem Ort ihrer Verwandten
huldigen“, meinte meine Mutter gehässig. „Sonst
würde ihr Bild hier gar nicht hängen, denke ich. Gut,
sie war ganz hübsch, hat aber nicht das geringste aus
sich gemacht, siehst du ja. Fürchterliches Haar!“

„Du bist fürchterlich!“, war meine trotzige Antwort.
„Du kapierst auch gar nichts. Alison Ivy war doch
kein Haarmodel!“ Und dann versuchte ich *sie* stehen
zu lassen, doch sie war auf ihren Highheels immer
schneller als ich in meinen Schlappen.

In der Regel überwog dann meine Neugier. „Erzähl'
mir - wie war sie so?“, drängte ich meine Mutter.
Denn irgendetwas über Alison Ivy zu hören war
besser als nichts zu erfahren. Und es gab meiner
Mutter die Gelegenheit, sich wichtig zu machen.
Damit sie sich nicht in Hasstiraden erging, fragte ich
schnell, „Stimmt es, dass sie Ovid's Metamorphosen
auch nicht ausstehen konnte? Das steht sogar in dem
Text neben dem Bild!“

Meine Mutter nickte. „Ja, das stimmt." Und meine Lippen formten die Worte lautlos mit, so oft habe ich sie gehört, - „Sie sagte immer, wer das Zeug liest, der hält Ehemänner oder Mütter von dem Moment an bloß noch für Monster. Das sei nichts, was sie gutheißen könne. Das ist so dermaßen anmaßend! Denn wir lesen doch Ovid, um uns eben von diesen alten, familiären Verstrickungen zu lösen und nicht, um jemanden seiner Verstrickungen wegen für ein Monster zu halten! Alison Ivy hat das alles gar nicht verstanden."

Und nur ein einziges Mal wurde sie dann unsicher und setzte unwillkürlich hinzu, „außer vielleicht bei den blauen Kindern."

Ich schrak mit ihr auf und fragte „Was denn für blaue Kinder?"

¤ ¤ ¤ ¤ ¤

Als wolle man Alison Ivy Pabst viele Sonnensysteme weit weg von ihrem Zuhause und lange nach ihrem Tod noch damit ärgern, hatte jemand unweit ihres Porträts aus den Metamorphosen des Ovid zitiert. Dort befand sich ein ellenlanger Text zu Phoebus, dem Sonnengott und seinem folgenreichen Versprechen gegenüber seinem Sohn Phaeton:

„Weder darf man von dir behaupten, du seiest nicht der meine, noch hat Klymene unwahr von deiner Abkunft gesprochen. Damit du nun keinen Zweifel mehr hegst, so begehre nun von mir, was du nur willst als Geschenk, es soll dir gewährt sein. Meines Versprechens Zeuge sei der Pfuhl, bei dem die Götter schwören und den meine Augen nie sahen.

Kaum hatte er seine Rede beendet, da bat schon Phaeton um den Sonnenwagen und um die Erlaubnis, einen Tag lang die Rosse mit den geflügelten Hufen lenken zu dürfen. Nun reut den Vater der Schwur, drei und vier Mal schüttelt er sein leuchtendes Haupt und spricht:

Unbesonnen ist mein Wort durch das deine geworden. Ach, dürfte ich nur mein Versprechen zurücknehmen. Ich gestehe es, dies allein würde ich dir, mein Sohn, versagen. Abraten darf ich dir doch, denn äußerst gefährlich ist dein Vorhaben.

Du verlangst etwas Großes, Phaeton, stellst dir eine Aufgabe, die deine Kraft übersteigt. Du bist ja noch so jung. Sterblichkeit ist dein Geschick, Unsterblichkeit heischt, was du forderst, ja sogar noch mehr, als Himmlischen zusteht, trachtest du in deinem Unverstand.

Mag immer jeder von denen sich noch so viel einbilden - auf dem Feuerwagen kann doch keiner stehen außer mir.

Selbst der Beherrscher des weiten Olymps, der mit seiner schrecklichen Rechten die wilden Blitze schleudert, vermag wohl nicht diesen Wagen zu führen. Und was haben wir Größeres noch als Jupiter.

Steil ist am Anfang die Bahn. Kaum dass sie am Morgen die Rosse, die doch noch frisch sind, erklimmen. Schwindelnd hoch ist sie in der Mitte des Himmels. Mich selbst überfällt oft Grauen, wenn ich auf Meer und Erde hinabblicke und vor banger Furcht pocht mir das Herz! Jäh neigt sich am Ende der Weg, da bedarf es eines sicheren Lenkers.

Sogar Thetis, die Göttin des Meeres, die unten in den Wellen mich aufnimmt, sorgt sich beständig, ich könnte stürzen. Nimm noch hinzu, dass der Himmel sich stets in wildem Wirbel dreht, die hohen Gestirne mit sich fortreißt und in eilendem Umlauf kreisen lässt, dagegen kämpfe ich an. Mich erfasst nicht wie alles sonst dieser Wirbel, ich fahre heraus, entgegen dem rasenden Kreislauf.

Denk dir, du hättest den Wagen. Was wolltest du wohl beginnen? Kannst du dich der Drehung des Himmelsgewölbes entgegenstemmen? Dass sie dich nicht schnell mit sich fortträgt? Vielleicht stellst du dir vor, es gäbe dort oben Wälder und Städte, dazu Heiligtümer, reich an Spenden, aber nein! Durch Gefahr führt dein Weg und durch Bilder von Bestien! Denn wenn du auch auf rechter Bahn bleibst und auf keinen Irrweg gerätst, kommst du doch durch die Hörner des Stiers, der sich dir in den Weg stellt. Durch den Bogen des Schützen aus Thessalien, des Zentauren Chiron, durch den Rachen des wilden Löwen, durch den Skorpion, der die gräßlichen Scheren in weitem Bogen krümmt und den Krebs mit anders sich krümmenden Scheren.

Auch die Rosse, die jenes Feuer beseelt, das sie in der Brust haben, das sie aus Maul und Nüstern schnauben, vermagst du schwerlich zu lenken. Kaum mich wollen sie leiden, wenn hitziger Übermut in ihnen aufflammt und ihr Nacken sich gegen den Zügel sträubt.

Du aber, mein Sohn, lass es nicht soweit kommen, dass ich dir ein verhängnisvolles Geschenk machen muss und ändere – noch ist es Zeit – deinen Wunsch. Natürlich, damit du glauben kannst, du seiest Blut von meinem Blut, verlangst du sichere Beweise. Ich aber gebe dir sichere Beweise durch meine Furcht und durch väterliche Besorgnis erweise ich mich als Vater.

Da, blicke mir ins Gesicht. Ach, könntest du deine Blicke bis in mein Herz dringen lassen und darinnen die Angst deines Vaters erkennen. Ja, sieh dich nur um nach allem, was die reiche Welt in sich fasst und aus so vielen herrlichen Gütern von Himmel, Erde und Meer, fordere irgendeines. Kein Nein sollst du hören. Nimm nur das eine, ich bitte dich, aus! Das in Wahrheit Strafe und keine

*Ehre ist. Strafe, mein Phaeton, verlangst du statt eines
Geschenks.*

*Was legst du mir, Ahnungsloser, die Arme schmeichelnd
um den Nacken? Zweifel nicht, du wirst erhalten, was du
dir wünschst. Ich habe bei den Wassern des Styx
geschworen. Du aber wünsche nun klüger!*

Phoebus war mit seiner Ermahnung am Ende. Doch
jener verschließt sich den Worten. Bleibt bei seinem
Vorsatz und brennt vor Verlangen nach dem Wagen.

Also führt der Vater, er hatte so lange wie möglich
gezögert, den Jüngling zum Geschenk des Vulcanus,
dem hohen Wagen. Golden war die Achse, die
Deichsel golden, golden die äußerste Rundung des
Rades, der Kranz der Speichen aber von Silber. Am
Joch spiegelten Goldtopasse und zierlich
angeordnete Edelsteine den Sonnengott und warfen
funkelnde Strahlen zurück.

Während Phaeton hohen Mutes das Werk voll
Staunen betrachtet sehe, da öffnen früh erwacht im
sich rötenden Osten die purpurnen Tore. Aurora, die
Göttin des Morgens, öffnet Hallen voll Rosen.

Es entfliehen die Sterne, ihren Zug beschließt der
Morgenstern und weicht von seinem Posten am
Himmel als Letzter. Als der Sonnengott sah, wie die
Sterne zur Erde sanken, die Welt in rosiges Licht

getaucht war und die Sichel des Mondes vom Rand her verblasste, befahl er den flinken Horen, die Rosse anzuspannen.

Flugs vollbringen die Göttinnen den Befehl. Sie führen die feuerschnaubenden, von Ambrosia-Saft gesättigten Renner weg von den hohen Krippen und legen ihnen das klirrende Zaumzeug an.

Nun salbt der Vater das Antlitz des Sohnes mit heiliger Salbe und schützt es so vor der verzehrenden Glut, setzt ihm die Strahlenkrone aufs Haupt und während er aus bekümmerter Brust tief aufseufzt, spricht er so zu ihm:

Wenn du kannst, so folge wenigstens jetzt dem Rat deines Vaters. Schone, mein Sohn, die Geißel. Umso kraftvoller halte die Zügel. Die Rosse eilen von selbst. Mühe kostet's, ihr Drängen zu dämpfen. Lass es dir auch nicht gelüsten, den Weg geradeaus durch die fünf Himmelszonen zu wählen, schräg verläuft in weitem Bogen die kürzere Bahn, die sich mit drei Bereichen begnügt, den südlichen Himmelspol meidet und auch den großen Bären im Norden mit seinen eisigen Stürmen.

Hier also sei dein Weg. Du wirst deutliche Räderspuren erblicken. Und damit Himmel und Erde die gleiche Wärme erhalten, lenke den Wagen weder zu tief hinab, noch durch den Äther hoch droben. Steigst du zu hoch, so steckst du die himmlischen Wohnungen in Brand. Senkst du dich aber zu tief, so verbrennst du die Erde. In der Mitte fährst du am sichersten. Lass dich auch nicht vom Wagen zu sehr nach rechts tragen, hin zur geringelten Schlange, noch links zum kleinen Altar. Halte dich zwischen beidem. Dem Glück befehle ich das andere, es stehe dir bei und rate dir besser als du dir selbst. Das ist mein Wunsch. Doch während ich spreche, hat schon am Gestade im Westen die taufeuchte Nacht ihre Wendemarken erreicht.

Nicht mehr steht uns frei noch zu zögern. Wir sind gefordert. Aurora erstrahlt, die Finsternis ist vertrieben. Nimm also die Zügel in die Hand oder wenn sich dein Herz noch umstimmen lässt, so nimm meine Warnung an, nicht meinen Wagen, solange du noch kannst, noch auf festem Boden stehst und noch nicht über den Achsen, wie du es dir in deiner Torheit und zu deinem Schaden gewünscht hast.

Damit du es in Sicherheit schauen kannst, lass mich der Welt das Licht bringen.“

¤ ¤ ¤ ¤ ¤

Es lag ja nicht an uns, was damals auf der Erde geschah. Wir hatten ja nicht die geringste Schuld daran. Ganz im Gegenteil, unsere Hilfe und unser Geld halfen den Menschen noch alles einigermaßen

56

gut zu überstehen. Die Hitze und Trockenheit mit ihren Dürreperioden, die Überflutungen, dann wieder die extreme Kälte und die Schneemassen. Ströme fliehender Menschen, schreckliche Epidemien oder dass die Wälder in einem fort brannten und brannten, so lange, bis kaum noch etwas übrig war.

Doch wovon es abhing, dass die Atmosphäre schließlich kippte, erst allmählich und dann ganz plötzlich, das weiß doch bis heute kein Mensch wirklich zu sagen. Erst passierte es ja bloß an einigen Stellen, an denen niemand den Zusammenhang mitbekam und hätte sagen können, warum vor allem die Alten auf einmal tot umkippten. Und auf den Sauerstoff kam man ja gar nicht, weil an den Messstellen seltsamerweise lange noch alles in Ordnung war. Und als man es mitbekam, begannen wir uns schnell zu schützen, das ist doch nur natürlich. Wer hätte das denn nicht getan?

Ein diskreter, winziger Schlauch führte von einem unauffälligen Depot aus in die Nase. Jeder von uns hatte seine eigene Versorgung (Ergänzung, sie hieß *Ergänzung*!). Man trug sie immer mit sich und sorgte dafür, dass sie sich nie leerte. Alle hatten wir uns daran gewöhnt, so dass es einem nach ein paar Monaten gar nicht mehr auffiel und auch nicht absurder erschien als alles andere, was so auf einen zukam in jenen Zeiten.

Die älteren Menschen, die sich nicht schützen wollten oder keine Gelegenheit dazu hatten, kippten reihenweise um. Ihre Kinder bekamen bloß eine bläuliche Haut, solange sie sich ruhig verhielten, fiel es ja kaum auf. Strengten sie sich aber an, wurde es stärker, sie sahen dann aus, als hätten sie überall nur dicke Venen oder wären schwer herzkrank. Aber sie hielten was aus, sie kippten überhaupt nicht um. Sie bekamen grausame Augen und reagierten pfeilschnell und völlig skrupellos. Ja, sie waren zu *Monstern* geworden.

Hunger macht Menschen vielleicht apathisch, Armut lässt sie zuweilen aufbegehren, doch schleichende Atemnot führte dazu, dass die jungen Leute in Windeseile völlig skrupellos wurden. Erwischten sie einen von uns, töteten sie wie der Blitz, rissen dem Ermordeten den Schlauch aus der Nase und sogen den reinen Sauerstoff gierig auf wie Süchtige. Und hatten sie einmal Erfolg damit, führte das dazu, dass sie uns noch entschlossener einfingen und dass sie begannen, Geiseln zu nehmen. Die sie einfach langsam ersticken ließen, wenn man die Menschen nicht mit gewaltigen Sauerstoffmengen und viel

Geld wieder auslöste. Das waren Verhältnisse, denen wir uns fassungslos vor Angst gegenübersahen.

Unversehens waren wir selbst zu Flüchtenden geworden, die sich auf dem vom Militär äußerst schwer bewachten Hügel sammelten, auf dem sich auch das Klon-Institut befand. Und darüber hinaus die Raketenstation der privaten, bemannten Raumfahrt. Aus armen wie reichen Ländern trafen sie von überall ein, die gesamte Oberschicht jeden Landes, ihre Familien und auch das Personal. Sie beschworen und bestachen die Generäle und die Angestellten des Raumfahrtkonzerns, um so schnell es ging, eigene Raumschiffe gebaut zu bekommen, in denen sie dann am liebsten einige aus unserem Land als *Gäste* mitführten, damit der Kasten nicht nur hochgeschossen wurde, sondern auch bestimmt auf Daddy ankam.

Beim Raumfahrtprogramm hatten sie sich Daddys erste Besiedler vermutlich auch anders vorgestellt, aber aus der Not und Eile heraus entstand auch vieles, was sich gut ergänzte. So mischten sich bei der letzten Vorhut auf Betreiben der Damen hin Rutengänger und seherisch Begabte unter die Geologen und Ingenieure. Um zu prüfen, ob der Planet möglicherweise ähnliche unliebsame Überraschungen bereithalten könnte wie einst der

Mars. Blieben die Tester ihrem Wesen nach einander auch fremd, so waren sich doch alle darin einig, dass es auf Daddy friedlich zugehen würde (alle sehnten sich so sehr nach *Frieden!*) und es dort allenfalls an der strahlungsreichen Oberfläche mit ihrer kargen Felslandschaft ein bisschen wenig abwechslungsreich zuging. Wodurch sich ja mit um so mehr Einfallsreichtum und Schöpferkraft im Untergrund gegensteuern ließ, dank der schier endlos vorhandenen Elektrizität ließ das kaum Wünsche offen.

So war aus KX1.300,471//385B-12, so die exakte Bezeichnung des Planeten Daddy, aufgrund der Kundige allein zumindest aus dieser Galaxie dorthin zu steuern vermochten, zu der einzig ernstzunehmenden Option aus sieben oder acht erdähnlichen Konstellationen geworden und die mit bloß einigen statt etlichen Lichtjahren Entfernung und der von der Erde aus siebenjährigen Reise noch nächstgelegene. Den Ausschlag hatte aber wohl Sonne Nummer eins gegeben, quasi Daddys Geliebte, die sich mit ihm zusammen in ihrem ständigen Rotieren umeinander für Stabilität und ein beständiges, erdähnliches Kraftfeld sorgte, nicht allzu große Zeitumstellungen und -anpassungen erforderte und auf einen Schlag alle Energiefragen zu lösen imstande war. Und mit den blauen Monstern im Nacken, die aufgrund ihrer schieren Masse den Hügel zu überrennen drohten, hatte dann auch niemand mehr lange warten wollen. Man war recht überstürzt aufgebrochen.

Kaum jemand hatte noch an Alison Ivy gedacht, die ja ihrerseits auch keine Sekunde lang davon sprach, die Erde ebenfalls verlassen zu wollen. Klein, klein war ja immer ihre Devise gewesen und sie passte selbst jetzt noch so gut in ihre kleine Forscherschachtel, als die Welt um sie herum so rasend schnell zerfiel.

Als einziger Mensch überhaupt war sie in die Hände von blauen Kindern gefallen und von diesen ohne Lösegeldforderungen wieder freigelassen worden, vielleicht weil sie selbst nie einen Sauerstoffvorrat bei sich trug, sondern mit irgendwelchen öligen Tropfen herum laborierte, die Sauerstoff aus Molekülen freigeben und so den Blutkreislauf versorgen sollten. Niemand wusste, ob das was taugte, doch gab sie davon den Menschen großzügig ab und zeigte ihnen sogar, wie sie herzustellen waren.

Ihre Worte werde ich nie vergessen, als ich sie das letzte Mal traf und sie unter etwas hervor sprach, was man kaum noch eine Frisur nennen konnte.

„Mein Gott", sagte Alison Ivy Pabst zu meinem nicht enden wollenden Erstaunen. „Diese armen, armen Kinder".

Wahrscheinlich war sie einfach nicht mehr ganz richtig im Kopf, wer könnte es ihr verdenken bei solchen Umständen.

¤ ¤ ¤ ¤ ¤

„Aber mit jugendlicher Kraft schwingt sich Phaeton auf den leichten Wagen, steht darauf, ergreift mit Wonne die dargebotenen Zügel und dankt von droben dem Vater, der solchen Dank nicht will.

Unterdessen erfüllen Pyrois, Eous und Aethon, die geflügelten Rosse der Sonne, dazu Phlegon als viertes mit feurigem Wiehern die Lüfte und stampfen mit ihren Hufen gegen die Schranken. Als diese die Meergöttin Thetis, die das Geschick ihres Enkels nicht ahnt, aufstößt und die Bahn freigibt in die Weiten des Weltraums, rasen die Rosse dahin. Ihre Hufe wirbeln durch die Luft und zerreißen entgegentreibende Wolken. Von ihren Schwingen getragen, eilen sie dem Ostwind davon, der aus derselben Richtung weht.

Allein, zu leicht war die Last, als dass die Sonnenpferde sie hätten spüren können und dem Joch fehlte das gewohnte Gewicht. So wie ohne die

62

rechte Belastung geschweifte Schiffe schwingen und unstet, weil allzu leicht übers Meer hintreiben, so macht, frei von der üblichen Last, Luftsprünge der Wagen und wird in die Höhe geschleudert, nicht anders, als wäre er leer. Sobald sie das merken, stürmen die Rosse davon. Verlassen die ausgefahrene Bahn des Gespanns und laufen auch nicht mehr in der früheren Ordnung.

Phaeton selbst erschrickt, weiß nicht, wie er die ihm anvertrauten Zügel führen soll, nicht, wo der Weg ist. Und wüsste er es auch, so könnte er die Pferde doch nicht bändigen.

Da wurde zum ersten Mal das kalte Siebengestirn des großen Bären von den Strahlen der Sonne erwärmt und versuchte vergeblich, in das Meer zu tauchen, das ihm verwehrt ist. Auch die Schlange, die ihren Platz ganz nahe am eisigen Pol hat, die sonst träge ist wegen der Kälte und für niemand ein Grauen, taute nun auf und sog aus der Hitze unerhörte Wut. Du auch sollst bestürzt geflohen sein, du Hüter des großen Wagens, wenn du auch langsam warst und dein Fuhrwerk dich aufhielt.

Als aber aus der Höhe des Äthers auf tief unter ihm liegende Länder der unselige Phaeton nieder blickt, da erbleicht er, ihm zittern in jähem Schrecken die Knie und bei so viel Licht deckt Dunkelheit seine

Augen. Schon wäre es ihm lieber, er hätte nie seines Vaters Pferde berührt. Schon reut es ihn, dass er seine Herkunft erfuhr, dass sein Bitten etwas vermochte. Jetzt möchte er gern nur der Sohn des Merops heißen. Doch er wird fortgerissen, gleich einem Schiff, das der stürmische Nordwind dahintreibt. Jenem überließ der Lenker entkräftet das Steuer und befahl das Boot den Göttern und seinen Gebeten.

Was soll Phaeton tun? Eine große Strecke am Himmel liegt schon hinter ihm, noch mehr aber hat er vor Augen. Im Geist misst er beide und bald blickt er dorthin, wohin das Geschick ihn nicht hinlangen lässt, nach Westen, bald zurück zum Aufgang der Sonne. Was er zu tun hat, weiß er nicht, er ist wie gelähmt und lässt weder die Zügel fahren, noch hat er die Kraft sie zu halten. Auch die Namen der Pferde kennt er nicht mehr.

Aber da und dort am sich wandelnden Himmelsgewölbe sieht er mit Zagen wunderbare Gebilde und die Gestalten ungeheurer Scheusale. Es gibt da einen Ort, wo im doppelten Bogen der Skorpion seine Scheren krümmt und mit seinem Schweif und den beidseits gebogenen Armen weit seine Glieder streckt hin über den Raum von zwei himmlischen Bildern.

Als der Jüngling diesen sah, wie er troff von schwarzem Giftschweiß und ihm mit krummem Stachel Wunden zu schlagen drohte, da ließ er außer sich vor kalter Furcht den Händen die Zügel entgleiten. Sobald sie im Fallen auch nur den Rücken der Pferde berührten, brechen diese aus.

Von niemand gehalten stürzen sie fort in unbekannte Bereiche der Lüfte, regellos, wohin sie ihr Drang treibt. Gegen die Sterne rennen sie an, die unverrückt am hohen Himmelsgewölbe stehen und reißen den Wagen mit sich dahin auf ungebahnten Wegen. Bald steigen sie hoch hinauf, bald durcheilen sie Hals über Kopf auf jäh abstürzenden Pfaden allzu nah der Erde den Raum. Dass tief unter ihren eigenen die Pferde des Bruders laufen, sieht mit Staunen die Göttin des Mondes. Die versengten Wolken dampfen, Flammen erfassen gerade die höchsten Gipfel, der Erdboden durchzieht sich mit Rissen und verdorrt, da ihm alle Feuchte genommen ist. Aschgrau werden die Wiesen, es brennt mit seinem Laube der Baum ab und das trockene Kornfeld bietet selbst den Stoff zu seiner Vernichtung.

Ja – nun sieht Phaeton die Erde allenthalben in Brand stehen und vermag so große Hitze nicht auszuhalten. Feuerluft, wie aus dem Inneren eines Ofens, atmet er ein, fühlt, wie sein Wagen glüht. Schon kann er die aufwirbelnde Asche, den Funkenflug nicht mehr ertragen. Heißer Dampf umwallt ihn ganz. Wohin er fährt, wo er ist, das weiß er nicht, denn pechschwarzes Dunkel umgibt ihn.

Nach Willkür reißen ihn die geflügelten Rosse dahin, überall reißt die Erde auf. In den Tartarus dringt durch die Spalten Licht und versetzt den Herrscher der Tiefe mit seiner Gattin in Schrecken. Auch das Meer geht zurück, eine Fläche trockenen Sandes ist, was eben noch See war. Berge, die hoch die Flut bedeckte, steigen herauf und vermehren die Zahl der zerstreuten Kykladen. Die Fische suchen den Grund. Nicht mehr wagen es die Delfine, sich über den Meeresspiegel wie sonst in die Luft zu erheben. Auf dem Rücken treiben leblos die Leiber von Robben über die Tiefe dahin. Selbst Nereus und Doris, samt ihren Töchtern, so berichtet die Sage, hielten sich in Grotten verborgen, wo die Hitze noch nicht so heftig war. Drei Mal hat der Neptun mit grimmiger Miene die Arme aus dem Wasser zu strecken gewagt, drei Mal vermochte er nicht die glühende Luft zu ertragen.

Aber die nährende Erde, vom Meer ja noch immer umgeben, war inmitten der Wasser der See und der sämtlichen Quellen, die sich im Inneren der Schatten spendenden Mutter geborgen hatten, doch trocken bis zum Hals. Sie erhob nun ihr erschüttertes Antlitz, legte die Hand an die Stirn, ließ alles in heftigem Beben erzittern, sank dann ein wenig zusammen und lag nun gedrückter da als gewöhnlich und sprach mit Ehrfurcht gebietender Stimme so:

Wenn es dir gefällt und wenn ich das verdiene, oh - was säumen dann deine Blitze, höchster der Götter? Soll ich schon der Macht des Feuers erliegen, so sei mir gewährt durch dein Feuer zugrunde zu gehen. Wenn du es sendest, wird mir mein Untergang leichter. Kaum können sich meinem Mund noch diese Worte entringen.

Qualm hatte ihre Stimme erstickt. *Da, sieh, versengt ist mein Antlitz. Ist das der Lohn, das der Dank für meine Fruchtbarkeit, für meine Dienstbereitschaft? Dass ich der krummen Pflüge und der Hacken Wunden ertrage und das ganze Jahr nicht zur Ruhe komme? Dass ich dem Vieh Laub und Gras, dem Menschengeschlecht als friedliche Nahrung Getreide und sogar euch Göttern Weihrauch spende?*

Doch hätte ich auch den Untergang verdient, was haben die Wasser, was dein Bruder verschuldet? Warum schwindet das Meer dahin, das durch Los ihm zufiel? Warum ist es nun weiter vom Äther entfernt? Rührt dich aber weder die Neigung zum Bruder, noch zu mir, so erbarme dich doch deines Himmels. Schau nur umher, es rauchen beide Pole. Wenn diese das Feuer zerstört hat, stürzen auch eure Paläste.

Siehe, selbst Atlas leidet und kann kaum noch die glühende Achse auf seinen Schultern halten. Wenn das Meer, wenn Erde und Himmel vergehen, dann sinken wir wieder in das alte Chaos zurück. Entreiße den Flammen, wenn noch etwas übrig ist und schaffe Rat für das Ganze!

Also sprach Mutter Erde. Sie konnte nicht länger die Hitze ertragen und auch nicht mehr reden und vergrub ihr Gesicht in sich selbst, in Höhlen, ganz nah bei den Toten.

Doch der allmächtige Vater ruft alle Götter und auch den, der den Wagen gab, als Zeugen, dass, wenn er nicht helfe, alles dem schweren Verhängnis zum Opfer falle. Darauf besteigt er die Zinne der hohen Burg, von wo aus er gewöhnlich die weiten Länder mit Gewölk überzieht, wo er Donner erregt und die zuckenden Blitze schleudert.

Allein, er hatte nun weder Wolken, um sie über die Erde zu ziehen, noch Regen, um ihn vom Himmel zu senden. Donner lässt er dröhnen, hebt den Blitz bis ans rechte Ohr und schleudert ihn dann auf den Lenker des Wagens, stürzt ihn entseelt herunter und dämpft durch wütendes Feuer das Feuer. Da scheuen die Pferde und sprengen davon in verschiedene

Richtungen, streifen vom Nacken das Joch und lassen in Fetzen die Zügel. Hier liegt das Gebiss, dort von der Deichsel gerissen die Achse, dort die Speichen der geborstenen Räder und weit umher verstreut die Trümmer des zerschmetterten Wagens.

Phaeton aber, das Haar gerötet von rasender Flamme, stürzt wirbelnd vom Himmel durch den weiten Luftraum herab. So wie manchmal ein Stern vom heiter'n Himmel, der, wenn er auch nicht fiel, doch den Anschein erweckt, er sei gefallen. Fern von seinem Vaterland, am andern Ende der Erde, nimmt den Jüngling der riesige Strom des Eridanus auf und wäscht ihm das rauchende Antlitz.

Die Najaden des Westens bergen den Leichnam im Grab, noch qualmt er vom dreigezackten Blitz getroffen und setzen die folgende Schrift auf den Stein: *Hier ruht Phaeton, er lenkte den Wagen des Vaters. Meisterte er ihn auch nicht, fiel er doch bei gewaltigem Wagnis.*

In quälende Trauer versunken, verhüllt der unglückliche Vater sein Antlitz. Daher soll, kann man es glauben, ein Tag ohne Sonne vergangen sein."

Was wusste ich schon von der Erde?

Alles. Ich wusste alles von der verflixten Erde. Ich musste ja. Sonst ließen sie einen in der Schule niemals in Ruhe. Erst recht nicht, wenn man fragte, was es denn einmal für einen praktischen Sinn für uns haben sollte, das ganze Zeug, das wir da in uns hinein schaufelten. Immerhin Lichtjahre weit entfernt von dem Ort, um den es ging.

Das zu verstehen, dafür sei ich noch zu jung, das würde man erst später begreifen, hieß es. Niemand wüsste, wer er sei, wenn er keine Ahnung davon hätte, woher er stamme. Und überhaupt bräuchte jeder Mensch Grundlagen. Nur darauf ließe sich einmal etwas aufbauen. Aha. Wenn sie damit mal nicht die Körper meinen, die sie sich dauernd schicken lassen, um ewig zu leben.

Und sie selbst hätten als Kinder auch tote Sprachen lernen müssen, sagten die Lehrer und sahen dabei auch noch todunglücklich aus. Und nun wüssten sie genau, wofür das alles gut gewesen sei. So könnten sie zum Beispiel Ovid im Original lesen, schau an, was für ein Gewinn! Lustig, wie ihnen Ovid immer gleich so eben mal einfällt. Zufälle gibt's … .

Nimm den Mond, nur so zum Beispiel, ha ha. Frag mich was über den Mond, den ich noch nie im Leben gesehen habe. Über den *sublunaren* Punkt zum Beispiel, den muss man doch kennen! War scheinbar wahnsinnig wichtig auf der Erde, weil darüber der Mond immer im Zenit stand, ob man ihn nun gerade im Blick hatte oder, weil es Tag war, eben nicht. Hätte einem zwar nichts gebracht, da zu stehen, weil man wegen der Gezeitenflut dann genau dort ersoffen wäre, aber du musstest doch unbedingt wissen, warum du gerade absäufst.

Herrlich, was meine Mutter für ein Gesicht zieht, wenn ich so rede. Sie hat jedenfalls noch nie was vom sublunaren Punkt gehört oder sie hat ihn getrost vergessen. An ihr kannst du sehen, was einem die Schule bringt.

¤ ¤ ¤ ¤ ¤

Mandy Grace saß mit Zorro abseits des Klinikbereichs unter einem winzigen Höhlenfenster, das direkt an die Oberfläche des Planeten grenzte. In der gläsernen Minikuppel hatte irgendein Witzbold einen selbstleuchtenden, kleinen Mond angebracht. Beide mussten einräumen, dass es so viel romantischer war als unter den wenigen Sternen und dem sparsam funkelnden Milchstraßenband über Daddys ewigen Nebelschwaden allein.

71

Es stimmte einfach – der Planet konnte entsetzlich langweilig sein, wenn es darauf ankam. Wen wunderte da noch die allgegenwärtige Sexsucht hier?

Bei dem vor Spannkraft strotzenden Zorro war davon allerdings bislang nichts zu merken. Er hatte sie zuerst zu den sonnenbeschienenen Weizenfeldern gebracht, zwischen denen sie in der Hitze und von gleißendem Licht geblendet, spazieren gegangen waren und unschön begonnen hatten zu schwitzen. Die Erdsonne sei doch nie im Leben so heiß gewesen, das sei doch total übertrieben, hatte Mandy Grace gemeint, während Zorro wie meistens nichts dazu sagte, sie aber schließlich weiter wegführte. Hin zu versteckten Gängen mit nur mäßig beleuchteten Kat-Feldern, von denen anscheinend die wenigsten Leute etwas wussten.

Dort hatte er sich bedient, ihr auch davon angeboten (sie lehnte dankend ab) und sie schließlich zu diesem verstohlenen, kleinen Platz gebracht. Er kaute die ganze Zeit und spuckte ab und an etwas in einen dunklen Winkel und sie hatte sich umständlich und mit angeekeltem Gesicht auf dem nackten Felsboden niedergelassen. Langsam schwante ihr, dass der Pfleger ihrer Träume wohl nicht besonders gut erzogen war.

„Hey, du bist doch von der Erde. Weißt du, was der sublunare Punkt ist?", fragte sie ihn nach einer Weile, weil es ihr auf die Nerven fiel, hier mit ihm zusammen herumzuhocken und dabei zuzuschauen, wie er sein Gebiss mahlen ließ. „Der was?", zeigte er sich prompt überrumpelt und sie triumphierte augenblicklich. „Ha! Nie davon gehört, was? So ein dämliches Zeug bringen sie uns hier in der Schule bei". Sie schüttelte fassungslos den Kopf, als seien alle nicht ganz bei Trost außer ihr.

Nicht zum ersten Mal brachte das nichts, außer dass er sie nun aus seinen schrägen Augen musterte und damit begann, seinen Oberkörper hin und her zu wiegen. „Wüsste gern, was dein komischer Punkt ist", meinte er dann vage. „Gibt doch Schlimmeres als zu 'ner Schule zu gehen. Sonst bleibst du halt immer der Honk von so was Überdrehtem wie dir, Baby." - „Ach, nee, dann bist du bloß was? Mein Honk? Also du gehst lieber zur Schule als mit mir ein bisschen Zeit zu verbringen, ja? Hey - dann kennst du die Scheiß-Schule aber nicht!"

Ohne es eigentlich zu wollen, tat sie ihm damit weh, denn nun wurde sein Blick leer und er schaute wieder empor zu dem Sterne-Sparprogramm. Dann zuckte er die Achseln und sagte nicht etwa etwas wie, dass er es nicht so gemeint habe oder im

Grunde gern mit ihr zusammen sei. „Schule oder nicht Schule, darüber macht sich nur jemand wie du Gedanken, Baby. Mich fragt doch eh' keiner, was ich machen will." - „Ja, dann mach' doch einfach, was du machen willst!" - „Und was soll das sein?" - „Weiß ich doch nicht, warte mal … ."

Sie versank in Überlegungen. Gerätegepflegten Wohnungen sah man das doch immer gleich an. Deshalb hatte jeder, den sie kannte und der etwas auf sich hielt, eine Servicekraft, also einen Menschen, der für ihn saubermachte und so überlegte sie nun laut. „... 'ne Weile putzen, wie ist es denn damit? Und nach der Arbeit gehst du eben zu deiner Schule, wenn's unbedingt sein muss … ."

Nun lachte er doch, winkte aber gleich mit müder Geste ab. „Ach nee, sag' bloß vielleicht zu *der* Schule, wo man überhaupt nichts lernt. Haha, weißt du, was das einen wie mich kostet und dazu noch die ganze Zeit für einen Hungerlohn schubbern? Da komm' ich ja weit und besonders hier und als Erdling, auf den alle gewartet haben. Das ist ja vielleicht schlau, Baby. Du weißt eben einfach immer, wie es laufen *könnte*, Baby, ist es nicht so?"

Seine Worte ließen sie sofort einschnappen. „Ach, dann ist es wohl besser, das Schicksal machen zu lassen, solange man nur das Maul voller Grünzeug hat", fuhr sie ihn an, fühlte sich innerlich aber tief getroffen.

Warum sagte ihr eigentlich jeder in ihrem Leben, dass sie nichts als Unsinn dachte und erzählte und auch noch jeder aus seinen eigenen, zwanghaften Gründen? Ihre Mutter, weil sich Mandy Grace nicht ein eigens von der Erde angekarrtes, armes Schwein nach dem anderen kommen lassen wollte, um für immer Anfang zwanzig und dementsprechend albern bleiben zu können. Ihre blöden Lehrer, weil die gar nichts wussten, woran selbstverständlich auch wieder sie schuld war, weil beim ersten Nachfragen alles aufflog.

Und jetzt dieser sabbernde Lümmel von der Erde, weil er ihr nicht aus seinem verkommenen Dasein vorjammern durfte, woran er natürlich wem die Schuld gab? Ihr natürlich. War ja sonst keiner da.

Am allermeisten ärgerte sie, dass es ja stimmte, was er sagte. Niemand nahm freiwillig einen Erdling als Servicekraft an. Dafür gab es ja das Personal beziehungsweise die Kinder und Kindeskinder der einst großzügig mitgeführten Dienerschaft. Die sich krampfhaft anzupassen versuchten, indem sie praktisch für umsonst arbeiteten und einem ständig in den Ohren lagen, ob man sie nicht auch einmal für einen Klon anmelden lassen konnte. Der Rücken machte sonst einfach nicht mehr mit, immer fehlte das Geld für den Zahnarzt und wer sollte einmal für die Familie sorgen, wenn sie dazu nicht mehr in der Lage waren?

Was alles Blödsinn war, wie jeder wusste, weil ja der Staat gut für sie sorgte, wenn auch unter Bedingungen, die Mandy Grace selbst noch nicht zu Gesicht bekommen hatte und auch niemand sonst, den sie kannte. Bislang begnügte sie sich damit, hauptsächlich sauer auf diese Leute zu sein, weil sie keine Ehre im Leib hatten und im Leben nichts lieber gehabt hätten als so einen Scheiß-Klon.

¤ ¤ ¤ ¤ ¤

Frustriert wie sie war, blieb Mandy Grace nun nichts mehr als sein junger, lässig hingegossener Körper, den sie freilich mehr erahnte, als dass sie ihn wirklich sah. Es schien ihnen beiden nicht vergönnt zu sein, sich einmal aneinander bei vernünftigem Licht sattzusehen. Immerzu musste die Phantasie für etwas herhalten, was sie allenfalls schemenhaft wahrnahmen.

Möglicherweise wiederholte sich hier aber auch nur eine gewisse Passungenauigkeit ihrer Persönlichkeiten, wie sie ihnen ja auch ständig im Gespräch widerfuhr. Das überlegte sie noch, während seine Raubkatzensilhouette allmählich anfing, sie unwiderstehlich anzuziehen.

Für das Bett spielten ihre Verständnisprobleme ja hoffentlich keine Rolle, beschloss sie, weil sie diesen Felsen hier mittlerweile unbedingt dazu machen wollte und längst damit beschäftigt war, sich eine leise und widerstrebend quietschende kleine Nackenrolle unter den Steiß zu pressen.

Es würde total klassisch zugehen, sie brauchte sich bloß keuchend vor Lust seiner wunderbaren Kraft hinzugeben und dazu waren, ging es nach ihr, keine einzige dieser ganzen Turnübungen nötig (die allen Ernstes Teil der Leibesertüchtigung in diesem gelebten Schulschwachsinn gewesen waren ...) und nach denen jemand wie sie, der nie sportlich gewesen war, garantiert den Arzt hätte kommen lassen müssen.

So zerfloss sie nun lieber einladend über dem harten Felsboden, summte und seufzte fiebrig vor sich hin und flüsterte schließlich mit halb geschlossenen Augen „Kommst du?"

„Baby, was soll das - was hast du jetzt wieder vor?"

„Nichts. Ach nun komm' doch schon."

„Hey, hör auf. Ich kann das doch nicht, Baby. Wirklich nicht."

„Nein? Ach, lass' mich ra-ten. Es ist e-ben verbo-ten, was wir vorhaben … ."

„Was? Nein – weiß ich gar nicht. Aber *ich* kann das nicht. Ich habe Angst vor dir."

„Du hast *was*?"

Sie setzte sich auf und starrte ihn an, die Augen weit aufgerissen.

„Angst?"

„Ja", sagte er schlicht. Und nun sah sie, dass er zitterte. Er zitterte vor Angst.

Wovon Mandy Grace besser nichts erfuhr

Es konnte Ruby Mayella nicht mehr wirklich überraschen, ihre Freundin Leslie Fiona Jenkins zusammen mit deren Fitnesstrainerin im Bett anzutreffen. Solche Vorkommnisse waren in jüngerer Zeit Routine, wobei Leslie Fiona keinem Geschlecht den Vorzug zu geben schien. Neu erschien dieses Mal allein, wie nachdrücklich die Trainerin Ruby

Mayellas Verschwinden einforderte, worauf sie selbst hatte gehen müssen - und gleich auch noch gefeuert war.

Mit aufgebrachter Miene ließ Leslie Fiona den Ice-Crusher für ihre Fitnessdrinks los jaulen und knallte schließlich die überschwappenden Gläser auf den Terrassentisch unter dem von Ruby Mayella bewundernd angestarrten, neuen und ausgesprochen farbenfrohen Sonnenschirm.

Was sich hier abspielte, war der Besucherin inzwischen vertraut. Nach dem Sex pflegte Leslie Fiona gewöhnlich ausgiebig in Selbstmitleid zu baden und machte wahlweise ihren scheußlichen Haarausfall (eingebildet), all die Dellen auf ihrem Hintern (nichts zu sehen) oder die Stümper ihres derzeitig ausgelagerten und ferngesteuerten Gewandlungs-Programmes dafür verantwortlich, dass niemand sie wirklich liebte oder sie auch nur in der Tiefe ihres Seins wenigstens für einen Augenblick *ernsthaft erkannte*. Das Programm musste sie ja nutzen, um nicht von vornherein unmöglich auszusehen. Weil das blöde Gewandeln eben einfach nicht ihr Ding war. Und immer nackt herumzulaufen, wie sie es eigentlich bevorzugt hätte, war halt auch nicht immer möglich. Oh, wie sehr sie es hasste, sich in einem fort anpassen zu müssen!

Von Leuten, die sie dafür bezahlte, konnte sie aber schon Professionalität erwarten, befand Leslie Fiona darüber hinaus und heuerte und feuerte sich deshalb durch alle ansässigen Unternehmen. „Nun schau mich doch an", rief sie dann gewöhnlich so theatralisch wie vollkommen untröstlich aus. „Das sieht doch ein Blinder, dass mir dieser Schnitt nicht steht und die Farbe schon gleich gar nicht. Ich sehe restlos albern aus!"

Total zu verzweifeln schien sie aber an der moralischen Verkommenheit, welche die meisten ihrer Affären an den Tag legten. Früher oder später versuchte natürlich jede und jeder eine Klon-Anmeldung über sie zu erreichen - oder auch nur etwas so Flaches geschenkt zu bekommen wie eine Folly Bag.

Das war die neueste Generation an Handtaschen, die nun nicht mehr nur durch ihre Fähigkeiten, auf Geheiß herbeizueilen oder sich ebenfalls gewandeln zu lassen, entzückten (wodurch sie das Outfit ihrer Trägerin wunderbar ergänzten oder köstlich karikierten). Nein, die neuen Folly Bags machten überhaupt nicht mehr das, was man ihnen sagte, sondern liefen einem dauernd davon, was laut der vielen, lustigen Werbefilmchen, die überall und ständig auf den riesigen Bildschirmen liefen, das Leben zu einer einzigen *Screwball Comedy* machte.

Leslie Fiona war keine Sekunde lang darauf hereingefallen – solche Taschen machten das Leben nicht aufregender, sondern verwirrten es zusätzlich - und schaffte sich auf der Stelle einen bildhübschen Ring an, auf dem, einmal kurz und energisch gepfiffen, auch das unerzogenste Exemplar umgehend wieder spurte.

Eigentlich führe das alles bei ihr ja lediglich zu maßloser Enttäuschung, gestand sie sich und der Freundin nun gerade ein und schlürfte ihr Getränk lauthals durch den Strohhalm. Enttäuschung darüber, wie viele Menschen ohne Sinn und Verstand konsumgeil durchs Leben liefen, ja die Leute schienen innerlich direkt zu verwahrlosen. Wie sollte man denn bitte beschaffen sein, damit einen das kalt ließ?

Ihr Gegenüber lauschte allen Eskapaden selig lächelnd. Ruby Mayella hätte sich für ihre Romanze mit dem General keine günstigeren Begleitumstände wünschen können und war heilfroh, dass die Freundin ihr selbst nie Avancen machte, - „Du liebe Güte, nein, Liebes – also mit so etwas würde ich meinen lieben, guten Shaun Trevor doch nun wirklich hintergehen!" - und mehr oder weniger offen mit ihr fühlte, weil es Shepard in seinem Opa-Körper, von dem er ja offenbar partout nicht lassen wollte, kaum noch brachte.

Es hätte Leslie Fiona wohl sehr verblüfft, wie unfassbar glücklich dieser Altherrenleib Ruby Mayella inzwischen machte. Vielleicht tatsächlich nicht gerade im Moment der Vereinigung ihrer beider Seelen (oder auf dem Weg dorthin), aber das war ja auch von jeher eher ein Versprechen, das im Grunde selten hielt, was man sich von ihm erwartete, wie Ruby Mayella selbst für sich und im Geheimen nun schon eine ganze Zeitlang einräumte.

Nein, wirklich eingenommen, beziehungsweise längst schwer abhängig war sie von seinen erfahrenen, warmen Händen, die sie mit solcher Inbrunst berührten. Nach der beschützenden Riesenbrust, in der sie vollkommen verschwinden und sich zu Hause fühlen konnte und ganz besonders nach seinen aufregend nach Whiskey und Zigarillos schmeckenden Männerküssen. Ihr war, als sei sie zum ersten und einzigen Mal in ihrem Leben wahrhaft verliebt und deshalb vermochte nichts sie zu erschüttern, was sich in diesem Strandhaus über ihre Romanze hinaus sonst noch ereignete.

Bis auf Leslie Fionas letzte Bemerkung vielleicht, auf die Ruby Mayella zum Glück geistesgegenwärtig reagierte, indem sie über den Tisch hinweg das Gesicht der anderen in ihre beiden Hände nahm und mit aller Bestimmtheit, zu der sie fähig war, „Nein, liebste Leslie Fiona, aber nein! Das ist ganz sicher noch nicht nötig!" ausrief.

Sie kannte sie ja noch gar nicht lange, doch der KlonTransfer, in dessen Ergebnis Leslie Fiona gerade steckte, konnte noch keine sieben Jahre alt sein.

Ein neuer Klon würde die Beziehungsprobleme der neuen Freundin ganz gewiss nicht alle auf einen Schlag lösen.

¤ ¤ ¤ ¤ ¤

Da steckt man nun in einem gesunden jungen Körper, hat eigentlich alles, was man braucht, könnte das Leben bloß noch genießen - und ist trotzdem manchmal einfach nur noch dieses langen Lebens zutiefst müde. So geht es mir, so geht es bereits meiner Tochter, die noch in ihrem Naturkörper steckt, so geht es jetzt auch meiner Freundin. Und wahrscheinlich ist es bei jeder Frau so, überall auf der Welt. Vermutlich gehört das zum Leben einfach dazu und vielleicht schafft es einzig die Liebe, diesen ganz speziellen Schmerz für eine gewisse Zeit zu lindern.

So wie mir das jetzt passiert, nach all den Jahren, ach was Jahrzehnten, inzwischen beinahe Jahrhunderten ... .

Aber wenn ich mir die arme Leslie Fiona so anschaue, wie sie ihren bildschönen, jungen Körper verlassen möchte, um so schnell wie möglich in einen noch schöneren, jüngeren zu schlüpfen, da frage ich mich, was ich ihr raten könnte, bevor sie das in ihrer Verzweiflung noch in die Tat umsetzt. Und bevor ich vielleicht noch denke, meine Tochter Mandy Grace hat recht, wenn sie sagt, wir sind alle verrückt.

Ich selbst wollte zwar nie klonen – und habe und hätte das auch nie getan -, bloß um vor meinen Problemen davonzulaufen. Aber diese generelle Unzufriedenheit mit dem eigenen Sein, die einen so sehr an den Rand drängt, die ist mir natürlich auch nicht fremd.

Soll ich Leslie Fiona raten, einen Arzt aufzusuchen oder sogar einen Psychiater? Der Mann, bei dem Mandy Grace in Behandlung ist, wäre doch wunderbar geeignet. So kompetent wie er ist, so lebenserfahren und absolut sympathisch, ein in jeder Hinsicht bildschöner Mensch. Aber mit einem Psychiater zu kommen, das traue ich mich einfach nicht, das könnte missverstanden werden. So nahe sind wir uns auch wieder nicht.

Und das habe ich selbst ja auch nie gemacht. Meistens konnte mir auch ein normaler Arzt helfen.

Die sind ja auch froh, wenn man kommt, weil sie hier kaum noch etwas zu tun haben. Daddy nimmt ihnen ja das meiste dankenswerterweise ab.

Ob Erkältungen, Fieber oder eine hässliche Hautkrankheit - all das gibt es so gut wie nicht mehr, weil man einfach eine Lösung zum Schutz der Zellen trinkt oder sich nach einer Infusion ohne Schutzkleidung anzulegen an die strahlende Oberfläche begibt. Dort setzt man sich ein Weilchen auf einen der Klappstühle, die dort herumstehen. Nicht zu lange, sonst wird man noch davon krank, also einnicken sollte man lieber nicht. Danach aber geht es einem bereits auf dem Rückweg schon wieder merklich besser. Tja, Krankheitserreger haben auf diesem Planeten ganz schlechte Karten. Und die Damen und Herren Doktoren damit eine Menge Zeit. Warum soll man das denn nicht für sich nutzen? Man tut denen doch noch etwas Gutes, wenn man kommt. So muss man das einfach sehen.

¤ ¤ ¤ ¤ ¤

Ruby Mayella ging mit allem, was sie beunruhigte, sofort zum Arzt, wenn auch vielleicht aus gewissen nostalgischen Gefühlen heraus. Möglicherweise, weil sie zur Zeit ihres zweiten Neukörpers so viel Unterstützung gebraucht und erfahren hatte und sich ihr jetziger Körper auch noch nach vielen Jahren ungewohnt, ja bisweilen fremd anfühlte. So fand sie sich vorsichtshalber eher früher als später in den Sprechzimmern ein. Selbst als ein Liebhaber sie vor einiger Zeit auf eine winzige Wulst in der Falte ihres Hinterteils hingewiesen hatte, stapfte sie damit zum Dermatologen, nachdem sie sich selbst unter lauter Verrenkungen und mit Hilfe von Spiegeln übergründlich untersucht hatte.

Das Merkwürdige an dem Ding war seine Form, das hatte auch ihren Freund seinerzeit sehr verblüfft. Es war eine scharf gezackte Narbe, etwa wie ein N oder ein Z oder ein besonders eckig geratenes S, - gerade so, als hätte ihr da jemand etwas in den Po gestanzt.

Der Arzt, der sie seit langem kannte, hatte allerdings kaum hingesehen, sondern sich nur dafür interessiert, ob die Stelle juckte oder weh tat oder ob sie sich kürzlich größer als sonst angefühlt hätte. Dabei murmelte er etwas in der Art vor sich hin wie, die Leute hätten hier seiner Ansicht nach alle miteinander zu viel Zeit. Leicht eingeschnappt hatte

Ruby Mayella ihm „Sie nehmen mich wohl überhaupt nicht ernst!" entgegnet.

Daraufhin hatte er sie sehr lange angesehen und gemeint: „Neulich kam jemand, der fand auf seinem Gesäß alle unsere fünf Sonnen maßstabsgetreu in Form gutartiger Hautveränderungen vor. Deswegen fühlte er sich nun berufen, hatte aber vergessen, wofür. Selbstverständlich nehme ich das ernst!"

Nein, das war wohl auch nichts für Leslie Fionas Probleme. Ruby Mayella beschloss, diesbezüglich erst einmal nichts weiter zu unternehmen.

Wovon ich lieber gar nichts erfahren hätte

Mandy Grace war niemand, der so schnell aufgab. „Kennst du das Planetarium?", fragte sie Zorro, als er seinen nächsten Dienst bei ihr antrat. „Klar", sagte er und sie machten sich gleich gemeinsam auf den Weg dorthin.

Als sie auf den vertikalen Hochgeschwindigkeits-Aufzug warteten, machte sich unweit der Station ein Arbeiter an einem Schacht zu schaffen, verschloss ihn gerade wieder und wollte, Zorro kurz grüßend, an ihnen vorbeischlendern. Zorro, der den Gruß erwiderte, wechselte ein paar Worte in einer für Mandy Grace unverständlichen Sprache oder Dialekt mit ihm, während sie sich bückte, um einen matt glänzenden, kleinen Schraubschlüssel aufzuheben, der dem Arbeiter aus der Tasche gefallen war.

Sie kam nicht dazu, ihn zurückzugeben, weil Zorro sie mit sich zog in den eintreffenden Zug. „Die sind nichts Besonderes, davon hat er sicher noch welche", meinte er nur kurz zu dem Schlüssel und sie sagte neckend: „Sieh an, du bemühst dich also doch um andere Jobs. Fängst beim Nahverkehr an oder du modelst. Dein Hologramm im Fitnesscenter, das könnte ich mir doch super vorstellen!"

„Was du wieder träumst, Baby!", sagte er und winkte so nachlässig ab, als verscheuche er eine Fliege. „Bei den Zügen ist kein Bedarf für Leute von der Erde, das hat der Typ mir eben bestätigt und Modeln ist doch kein Job. Ein paar Bilder sind schnell gemacht und die lassen doch in deinem Center keinen Erdling als leuchtendes Vorbild vorneweg laufen!"

Aber er gab zu, dass er sich erkundigt hatte.

Das Planetarium lag abgelegen und weit entfernt von den simulierten Erdlandschaften und den besseren Wohnbereichen direkt neben dem Klon-Institut, das es hier auf Daddy auch gab. Beide

Räumlichkeiten wirkten nach außen hin wie getarnte Festungen – eigentlich nur zu erkennen durch ein paar in den grauen Fels gehauene, spärlich beleuchtete Fenster, (beim Klon-Institut waren diese sogar vergittert), mächtigen Eingängen und steinernen, trostlos wirkenden Balkonen, auf denen sich nie jemand blicken ließ. Und bei der Umgebung hatten sie sich auch nicht mehr Mühe gegeben. Düstere Felsgewölbe, die im Nichts verschwanden, einige abgeblätterte Hinweisschilder, das war's.

Der Gegensatz zu dem renommierten Klon-Institut auf der Erde, von dem die Bewohner hier bis heute ihre jungen Klone überführt bekamen, hätte sichtbarer nicht sein können, ohne dass man den anderen Platz überhaupt kennen musste. In dieser vergessenen Welt hier, so hieß es jedenfalls gerüchtehalber, wurden all die verdienten Wissenschaftler geparkt, die man, - unter anderem weil sie dank ihres Hirntransfers in junge Klone wie Menschen mit Mitte zwanzig aussahen - , anscheinend kaum je in irgendeine Form von Ruhestand zu schicken gedachte. Nun kamen sie eben hierher und die Ergebnisse dessen, was sie vielleicht noch unternahmen, bekam niemals jemand zu sehen.

Das Institut gab sich äußerst geheimnisvoll und behielt alles für sich. Ein schwarzes Loch, so wurde es deshalb von bösen Zungen genannt und da wenigstens ließ sich sagen, dass es solchem Spott alle Ehre machte.

Das Planetarium daneben konnte und sollte man dagegen sehr wohl von innen sehen, Mandy Grace war mit der Schule des öfteren dort gewesen. Doch wie man hineinkam, war ihr nun nicht klar, da nirgends eine Tür einladend aufschwang. Zorro wollte sich darüber kaputtlachen, er knuffte sie leicht in die Seite, strich ihr über den Kopf (was sie hasste) und meinte, sie wüsste nun, das hätte sich erwiesen, auch nicht alles. Nicht jede Tür würde sich für einen gleich öffnen, bei manchen müsste man das selbst tun beziehungsweise klingeln und er fing an, nach einem Klingelschild zu suchen. *Arnold W. Pabst* stand neben dem Knopf, den sie total übersehen hatte und auf den Zorro nun lange drückte.

Pabst? Aller Ärger war auf einen Schlag verflogen, der Name hatte Mandy Grace sofort elektrisiert. Um so ernüchterter war sie über den Anblick des Mannes, der ihnen nach einer Weile die knarrende und quietschende Tür von innen öffnete. Vor ihnen stand jemand, der den ganzen Kopf (auch das Gesicht) voll mit wirren, grauen und weißen Haaren hatte. Ein entsetzliches Durcheinander, das ihm den gesamten hageren Hals hinunter wucherte.

Offensichtlich war die Person sehr schlecht ernährt, da das Gesicht oder das, was man davon erkennen konnte, von Furchen durchzogen war und erschreckend mager wirkte. Aß dieses Wesen jemals etwas? Unter der abgegriffenen Kleidung, die ganz sicher kein Genwandlugs-Programm entworfen hatte, zeichnete sich ein eingefallener, spitz-knochiger Körper ab und nun reichte ihnen der Mann auch noch zum Gruß eine skelettartige, mit Flecken übersäte Hand.

Mandy Grace schüttelte es vor Ekel. Wenn das Arnold W. Pabst war - was war ihm dann bitte widerfahren? War er erkrankt und nicht wieder richtig gesund geworden? Als sie mit der Schule an diesem Ort kam, wurden sie immer von einem hübschen, schlagfertigen Mitarbeiter durch das Planetarium geleitet, der allerdings nie auch nur eine ihrer vielen Fragen korrekt beantworten konnte. Und während dieses sonderbare Wesen hier nun voranging oder besser gesagt gemächlich vor ihnen her schlich, knuffte Mandy Grace Zorro in die Seite und warf ihm fragende Blicke zu. Er dagegen starrte sie entgeistert an und sagte dann leise: „Mandy Grace, Mr Pabst ist einfach nur alt, über siebzig

Jahre! Er hat sich nicht klonen lassen, das ist alles. So sieht man dann eben aus."

Mandy Grace schämte sich in Grund und Boden und war zugleich schwer schockiert. Das passierte mit einem, wenn man sich nicht klonen ließ?

Natürlich hatte sie davon gehört und wusste ja, dass Menschen alterten. Und ihr war selbstverständlich auch bekannt, dass es alte, geklonte Menschen auf Daddy gab.

Sie lebten äußerst abgeschieden und es hieß immer, alte Leute würden mit der Zeit sonderlich, hätten am liebsten ihre Ruhe und darüber hinaus fehle es ihnen an nichts. War das wirklich so? Ließ sich dieser jämmerliche Prozess denn nicht durch pure Willenskraft in Schach halten, möglicherweise durch Yoga oder Meditation, was sie hier doch so ziemlich an jeder Ecke anboten? War dieser Mr Pabst einfach zu faul oder wurde er doch irgendwie gequält und mit Sanktionen belegt für seine Entscheidung, das Klonen für sich nicht in Anspruch zu nehmen?

Ehe Zorro es verhindern konnte, schnellte Mandy Grace vor und sagte zu dem abgemagerten Rücken vor ihnen: „Mr Pabst, ich habe zwei Fragen! Sehen Sie so schlecht aus, weil es Ihnen hier nicht gut geht, tut man Ihnen etwas an? Und sind Sie mit der Klon-Forscherin Alison Ivy Pabst verwandt?"

Der alte Mann hielt inne, dreht sich langsam um und plötzlich erkannte sie in seinem funkelnden Blick *ihre* Augen wieder, mit dieser Art distanzierten Vergnügens an allem auf der Welt, was ungewöhnlich war. Zwar sah er nun noch weit wüster aus, weil sich sein ganzes Gesicht durch sein Lachen völlig zerfurchte, schien sich dessen aber überhaupt nicht bewusst zu sein und wischte sich mit seiner krummen Hand bloß ein paar Lachtränen aus den Barthaaren. „Sehr erfrischend, junge Dame. Sie müssen das Mädel sein, das meinem jungen Kollegen immer so zugesetzt hat bei den Schulklassenführungen. Er hat sich übrigens bei mir regelmäßig über sie beklagt", gab er zurück. „Und ja, Sie erinnern mich an meine Großtante, Alison Ivy Pabst. Die ich bedauerlicherweise nur von ein paar kurzen Filmsequenzen her kenne. Sie war nicht sehr eitel, wissen Sie und man hatte schon damals viel lieber all die modebewussten, jungen Menschen im Blick. Daran hat sich ja nichts geändert, denke ich."

Auf ihre flehentliche Bitte hin zeigte er sich einverstanden, ihnen vor dem Besuch des Planetariums Hologramm-Filmausschnitte seiner Großtante zu zeigen. In kürzester Zeit entwand die völlig aufgelöste Mandy Grace seinen vorsichtig tastenden Händen das Bedienungsmodul und konnte es nicht abwarten, die Bilder ihres Idols in den kargen Vorraum zu werfen. Unmittelbar und vor ihren Augen begann Alison Ivy Pabst in Lebensgröße ihr nüchtern anmutendes Labor zu queren.

Auf eine gewisse Weise konnte diese Begegnung Mandy Grace nur enttäuschen. Die Klon-Forscherin wirkte deutlich älter und hagerer als auf dem Foto im Museum. Ihre Schritte erschienen steif und abgehackt, die Haltung ließ zu wünschen übrig, das tatsächlich recht wirre Haar war von grauen Strähnen durchzogen. Dazu sagte sie Dinge wie „Das ist hochinteressant. Es lohnt sich bestimmt, da einmal genauer hinzusehen." oder „Heute werden wir dafür nicht die Zeit finden. Es wartet noch eine Menge Arbeit auf uns."

Ihr Mann nickte dazu fortwährend, stand in einer Ecke herum und war vor lauter Haaren im Gesicht kaum zu erkennen. Als würde er seine Frau nachahmen wollen, hatte er die ganze Zeit seine Brille abgesetzt und einen der Bügel in den Mund gesteckt.

Zorro begann ostentativ zu gähnen und bemerkte verblüfft, wie die schmale Vorführung die beiden anderen zu Tränen rührte. Mr Pabst mochte seine

Gründe haben, aber Mandy Grace weinte, weil sie sich bereits zum zweiten Mal entsetzlich schämte. Nie war ihr so klar geworden, dass sie die Welt mit den Augen ihrer Mutter sah. Wie sehr sie sich an jeder Falte stieß, jede Nachlässigkeit einer äußeren Erscheinung im Grunde missbilligte und insgeheim immer voraussetzte, dass sich jeder darstellte, als beträte er soeben eine Bühne oder einen Laufsteg oder beides. Wie schutzlos, bloß und geradezu untergangsberechtigt ein Mensch doch wirken konnte, gab er sich denn einfach so, wie er eben war. Und wie unendlich grausam vom Leben, dass all dies bei jemandem, der nicht mehr jung war, so deutlich ins Auge stach, gerade so, als befände sich derjenige im Zentrum eines Zielfernrohres und bestätigte gleich selbst noch damit kläglich sein Verfallsdatum.

Sich keine Blöße zu geben und alle Kraft, die einem blieb, aufzuwenden, um sich an Jugend, Schönheit und Vitalität zu klammern, - um buchstäblich jeden Preis - war das unter Umständen möglicherweise wirklich das einzig machbare? Das auf geheimnisvolle Weise Sinn ergab und vielleicht sogar noch heroisch anmutete, weil es einem wenigstens einen Rest Stolz bewahrte? Mandy Grace hätte dazu am liebsten wieder den alten Mann befragt, fürchtete aber plötzlich, ihn damit noch zusätzlich zu verletzen. Als müsste er dann auf Geheiß tot umfallen, als würde er einfach ausgeknipst, dem Vorgang nicht unähnlich, mit dem sie das antiquierte Klon-Forscherpaar eben abschaltete.

Zum ersten Mal brachte Mandy Grace kein Wort heraus.

¤ ¤ ¤ ¤ ¤

Ich blieb ein paar Schritte zurück, glaube aber, dass es niemandem weiter auffiel. Zorro und dieser Mr Pabst waren zu sehr miteinander beschäftigt.

Während sich eine Felsenhöhle gewaltigen Ausmaßes vor uns auftat, - deren Decke weit oben man eher erahnte, als dass sie wirklich zu sehen gewesen wäre - , fragte Mr Pabst Zorro, ob er tatsächlich ein Erdgeborener sei. Als mein Freund dies bejahte, erkundigte sich der alte Mann scheu, ob er ihn berühren dürfe und Zorro nickte wieder und neigte sich langsam zu ihm hinunter. Kaum strichen die knochigen Hände von Mr Pabst über seinen Kopf, hielt Zorro eine von ihnen sogar an seine Wange und drückte zu meinem Entsetzen einen Kuss darauf. Wieso tat er das? Ekelte es ihn denn gar nicht? Machte ihm der seltsame Geruch nichts aus, den der Greis verströmte? Ein Geruch, den wir

96

anderen Menschen einfach nicht an uns hatten, ganz gleich, ob wir uns wuschen oder nicht.

Das alles ließ mich nur noch mehr verstummen. Ich tappte wie vergessen hinter den beiden drein und fügte mich darin, die Dinge zu erleben wie jemand, der einem Film zusieht. Und könnte das, was sich ereignete, ebenso wenig beeinflussen, weder durch Fragen noch durch etwas anderes.

Mr. Pabst erklomm eine enge Balustrade, auf der sich eine Art Schaltzentrale für die Hologramme des künstlichen Kosmos befand und ließ zunächst die Umgebung des Planeten hier erstrahlen. Ohne die üblichen Nebelwände wirkten schon die Sterne über Daddy fantastisch, doch war im Widerschein der Sonnen auf Zorros Gesicht deutlich die Enttäuschung darin zu erkennen, so dass ich unwillkürlich ausrief: „Mr Pabst, hier wurde uns doch damals immer der Nachthimmel der Erde gezeigt – können wir das jetzt nicht auch sehen, bitte?" - „Natürlich, das wollte ich ja", antwortete er von weit oben. Und „Es ist nur schon etwas her, dass ich die Einstellungen hier bedient habe. Müsste aber gleich soweit sein", schallte es auf einmal seltsam volltönend zurück.

Und dann hatte er es geschafft. Der Erdhimmel erschien,   genauer   gesagt der   über   der

Nordhalbkugel, wie uns die schöne, dunkle Stimme, die Mr Pabst so viel größer wirken ließ, als er war und die mit einem Mal von überall herzukommen schien, mitteilte. Er hatte ein schimmerndes Meer aus golden und silbern funkelnden Sternen freigeschaltet, das sich ganz leicht um uns zu drehen begann, so dass wir beide Rücken an Rücken ebenfalls anfingen, uns umeinander zu drehen und uns dabei reich zu fühlen. Unendlich reich und schwerelos und emporgehoben allein durch die Pracht des erleuchteten Himmelszeltes über uns.

Wenn uns dieser Anblick schon völlig überwältigte, ganz so, als ständen wir geblendet vor unermesslichen Schätzen, so war dies erst der Auftakt. Denn Arnold W. Pabst wartete nur ungeduldig, bis sich unsere Augen an den Glanz gewöhnt hatten, um uns dann diese einerseits völlig fremde und doch eigentümlich vertraut wirkende Welt zu erklären. Auf eine gewisse Weise war es ja der Heimathimmel von uns allen dreien, obwohl wir ihn nie selbst gesehen hatten. Abgesehen von Zorro natürlich.

¤ ¤ ¤ ¤ ¤

Bei dem Erdling verschwand der furiose Ausblick hinter einer Wand aus Tränen. Der Himmel, den er zuletzt als Kind gesehen hatte, rief übermächtige Gefühle in ihm wach, von denen er gar nichts wusste und auch vielleicht gar nichts hatte wissen wollen. Was seiner Begleiterin alles völlig entging, weil sie sich wie der alte Mann für die technischen Möglichkeiten so sehr begeistern konnte, welche das Planetarium bot.

Zwar war man hier genauso wenig wie auf der Erde in der Lage, sich die Sterne tatsächlich vom Himmel zu holen, doch genügte es, bloß ein paar Schritte in eine Richtung zu tun und sich einem Sternbild zuzuneigen und schon kam man ihm scheinbar so nahe, als stünde man mitten darin. Das erlaubte es sogar, die Tiefe des Raums zu empfinden und die Entfernungen der Lichtpunkte zueinander einzuschätzen. Wovon man sich von unten her betrachtet, wenn man das Ganze wie ein Bild sah, gar keine Vorstellung machen konnte.

Nach Art überglücklicher Kinder tanzte und sprang sich Mandy Grace durch die Dimensionen. Nachdem sie eine Weile hierhin und dorthin getobt war, blieb sie im Sternbild des Großen Bären oder Großen Wagen (wonach das Ding für sie schon eher aussah) stehen und begann, diese Konstellation für sich wie eine Aussichtsplattform zu nutzen, welche zwar bei der Drehung durch das Erdjahr stetig den Platz wechselte, dabei aber immer im Sichtfeld blieb. Dafür lobte sie der Alte enthusiastisch und das wiederum ließ Mandy Grace vergnügt auf der Stelle hüpfen. Zorro hingegen kauerte mit abgewandtem Gesicht auf dem Felsboden, als würde ihn das alles nicht scheren und als sei er zwischendurch auf seltsame Weise verloren gegangen.

Es brauchte nicht lange, da hatte Mandy Grace sogar den Bogen raus, die imaginäre Bahn der Sonne, welche sich als illustrativ leuchtendes Band über den Himmel zog, bis auf den Höhlenboden zu dehnen und sich auf ihren Widerschein zu stellen. Schon balancierte sie wie eine Seiltänzerin darauf herum und rief übermütig, ob das nicht jener Pfad des Unheils sei, wie ihn auch Ovids Phaeton mit dem Wagen des Vaters hätte nehmen können und von dem er der Sage nach abgestürzt sei. Dafür könne sie doch glatt Geld verlangen und ob man sie denn nicht für ihr Kunststück einstellen wolle.

Die Wände der gigantischen Höhle gaben ihr helles Lachen tausendfach zurück und mitten da hinein geriet Zorros Frage „Welcher Ovid denn und was für ein Phaeton?" wie in einen Sturm, in dem sich die anderen zwei nun erst recht ausschütteten. Konnte es wirklich sein, dass jemand hier lebte und Ovid nicht kannte? Eigentlich waren Mandy Grace und Mr

Pabst bloß ausgelassen, doch fühlte sich Zorro dadurch so sehr zurückgesetzt, dass er aufsprang, leichtfüßig an den Sternbildern des Stieres, des Schützen und des Löwen rechts und links entlang der Sonnenbahn und an Mandy Grace vorbei jagte bis hin zum Krebs, vor dem er eine Vollbremsung hinlegte, sich mitten in das Zeichen des Skorpions fallen ließ und ausrief: „Und? Hat jemand von euch vielleicht ein eigenes Sternzeichen für seinen Geburtstag auf der Erde? Nein? Aber ich habe es! Ich wurde im November auf der Erde geboren und damit bin ich ein Skorpion und ihr solltet euch vor mir in acht nehmen! Was also wollt ihr denn? Ihr mit euren erfundenen Geschichten!"

Sein Vorstoß fand einen dermaßen donnernden Widerhall, dass sich die beiden unten die Ohren zuhalten mussten. Wobei die nun sehr laute und schneidend scharfe Stimme von Mr Pabst den jungen Mann dumm und unbedacht für seine Rede schalt. Dazu regnete es Fachausdrücke, von denen die zwei auf dem Höhlenboden so gut wie nichts verstanden. Anscheinend war wieder mal der Mond schuld – *wo war er überhaupt?* -

„Ach Mr Pabst, könnten Sie bitte den Mond einschalten?" -

„Natürlich, den Mond! Kommt sofort. Es war doch gleich klar, wozu ihr hergekommen seid! Doch nicht um zu lernen, darauf kann auch nur ein alter Mann wie ich kommen! Was war ich doch naiv, auch nur für den Moment etwas anderes zu glauben - ".

Der Rest ging in Gemurmel unter und laut knisternd erschien über ihnen der Vollmond. Riesengroß und sagenhaft übertrieben kam er Mandy Grace vor, während Zorro in sich zusammensank, die Hände vor das Gesicht schlug und haltlos zu schluchzen begann. Es sei doch albern und kindisch, dröhnte die Stimme derweil erbarmungslos weiter, in uralte Sternbilder Dinge von Bedeutung für Menschen hineinzulesen, nichts als Aberglaube wäre das. Dem Einfluss von Sonne und Mond sei es doch geschuldet, hinzu käme vielleicht die eigenartige Form der Erde, die sie wie ein Ei durchs All trudeln ließ – all das zusammen erlaube es aber doch keinem, den Zeitpunkt einer Geburt von wem auch immer den Sternzeichen verlässlich zuzuordnen. Und anders als der junge Mann offenbar dächte, läge darin auch kein tieferer Sinn verborgen. Sternbilder hätten zu allen Zeiten lediglich der Orientierung am Himmel gedient, mehr stecke nicht dahinter. Das werde doch jedem gleich bewusst, daran habe er alter Mann zeit seines Lebens fest geglaubt, wenn man die Dinge nur einmal quasi auf Augenhöhe betrachten könne und darüber habe er mit seinem Himmel immer aufklären wollen.

So und so ähnlich prasselte es von der Kanzel auf die jungen Leute hernieder, bis dem Alten die Stimme versagte und er anfing zu krächzen, zu keuchen und zu husten. Dann schwanden ihm anscheinend gänzlich die Kräfte und er brummte, er habe nun gewaltigen Hunger und dann knackte und schmatzte es plötzlich elend laut um sie herum. Mandy Grace's im Mondlicht erstarrtes Gesicht formte mit tonlosen Lippen die Worte *Was macht er da?*. Und Zorro antwortete hinter seinen Händen hervor: „Wahrscheinlich isst er Schaben.“

„Schaben?“

Total fassungslos starrte sie ihn weiter an, während er bloß ermattet den Kopf schüttelte und mit den Schultern zuckte. Mandy Grace wurde es vor lauter Widerwillen und Entsetzen speiübel. Sie schlug die Hand vor den Mund, während Mr Pabst heruntergeklettert kam, krumm wie eine Sichel an ihnen vorüber schwankte und seine Stimme nun kaum noch zu verstehen war, als er sagte, er ließe ihnen alles eingeschaltet da und wünsche ihnen viel Spaß bei dem, was sie vorhätten. Es wäre schön, wenn sie später alles einigermaßen sauber hinterlassen und sich möglichst leise zurückziehen könnten. Es hätte ihn gefreut.

Schon waren sie unter dem Erdhimmel allein.

¤ ¤ ¤ ¤ ¤

Zwei, drei Themen mochte es geben, da glitt dem ranghöchsten General des Planeten jeder Anflug eines Lächelns aus dem Gesicht und er schien noch im selben Atemzug zu versteinern. Eins davon betraf sicherlich die Schaben, wobei sich dafür kein vernünftiger Grund anführen ließ - ja, diese Reaktion war streng genommen nicht einmal im Ansatz zu begreifen.

Denn es war doch meist von Daddy aus eine Mission im Weltraum unterwegs, das die Planeten um sie herum nach Leben abgraste, welches dann gewöhnlich auch noch in seiner unerquicklichsten Form Beachtung fand. Schaben hingegen waren zwar zweifellos lebendig und suchten einen sogar viel lieber selbst auf, als dass man groß und teuer nach ihnen hätte Ausschau halten müssen. Aber vielleicht war es gerade jenes unbekümmerte Selbstverständnis, mit dem diese Insekten den Menschen von jeher umgaben, welches ihre großen Mitbewohner gegen sie aufbrachte. Jedenfalls gab es offiziell keine einzige Schabe auf Daddy und hätte es eine geben dürfen, so hätte allenfalls ein Wahnsinniger vorgehabt, ihr Daseinsrechte zuzugestehen. Von Sympathie oder Gegenliebe ganz zu schweigen.

Dabei zehrten in Wirklichkeit ganze Branchen vom Fleiß der Krabbler, etwa Reinigungsfirmen, welche schwer zugängliche Ritzen schon seit Jahrzehnten durch Schaben säubern ließen, weil dort ja kein Mensch hinkam. Geräte vielleicht schon, doch warum nicht die Kosten dafür einsparen, wenn das jemand übernahm, dem ein paar Krümel als Lohn vollkommen ausreichten? So hätte man kaum je offen darüber sprechen wollen, arbeitete aber schon seit langem für beide Seiten ausgesprochen gewinnbringend zusammen.

Ausgegangen war das von den Laboratorien der Forscher, die naturgemäß einsam und abgeschieden vor sich hin werkelten. Bei staunenswert vielen von ihnen war es bloß eine Frage der Zeit, bis sie den Charme-Offensiven der Insekten nachgaben und den Kontakt bald ebenso erfinderisch mitgestalteten wie diese. Gemeinsam kommunizierte man über morseähnliche Klopfzeichen und so zeigte sich, wie sie im Grunde waren, die Schaben. Nämlich friedliebend und wenig nachtragend bezüglich der brachialen Gewalt, die ihnen von der anderen Seite für gewöhnlich entgegenschlug. Möglicherweise zeigten sie aber genau deswegen ein gewisses diplomatisches Geschick, indem sie den Menschen ausschließlich einzeln gegenübertraten und mitunter den Anschein erweckten, sie seien ebenfalls schwer beschäftigt und würden einen kaum bemerken. Manche besaßen einen eigenwilligen Charakter und hätten sogar Witz versprüht, hieß es, doch gab es nur wenige Leute, die sich dafür verbürgen wollten. Schade, denn Humor hätte die bierernste, in über hundert Jahren noch mächtig angewachsene Spannung in den Verlies-artigen Hallen der Wissenschaft bestimmt etwas lockern können.

Unbestritten und geradezu legendär war allerdings der Ruf der Schaben, äußerst fürsorglich zu sein. So führten sie ihre Kreißsäle dauerhaft mit sich, weshalb sie so gut wie jeden Wurf durchbrachten und das erklärt vielleicht etwas von ihrem geläuterten Wesen. Darüber hinaus waren sie durch und durch pragmatisch, kannten keine Bestattungsriten und boten Verstorbene umstandslos zum Verzehr an. Es mochte ja niemand hören, doch ohne diese Praxis wäre eine ganze Reihe Menschen auf Daddy oder auf der Reise dorthin wohl schon lange verhungert. Auch Zorro füllten tote Schaben den Bauch, während des Klon-Transports von der Erde aus, den er vor

Jahren begleitet hatte. Er hatte sie allerdings geröstet oder lecker paniert und in reichlich Öl ausgebacken genossen. Roh vermochten nur wenige solcher Nahrung etwas abzugewinnen.

Beinahe die gesamte Gastronomie des Planeten profitierte so von den Insekten, indem sie rechnerisch bereits fast jede fünfte Mahlzeit aus pulverisierten und dem Essen beigemischten Schaben-Leibern bestritt. Die dekorativen Felder ringsum, sowie die paar Hühner, welche darin herumpickten, reichten vorne und hinten nicht, um die Bevölkerung satt zu bekommen.

Benötigten die Tiere selbst einmal Erholung und sogar etwas Abwechslung, so zog es die Schaben an die Oberfläche, die sie nahezu für sich hatten, weil ihnen die starke Strahlung nicht das geringste anzuhaben vermochte. Dort begeisterten sie sich in großer Zahl für Gewaltmärsche und sorgten weitgehend unbemerkt für die spektakulärsten Tierwanderungen.

Allerdings fanden etliche von ihnen dabei auch den Tod, verursacht durch die vielen allgegenwärtigen Wagenrennen, welche das Leben auf Daddy inoffiziell beherrschten (und die Darstellung dessen in den Medien, sah man von den Werbefilmchen ewig und überall einmal ab). Von irgendwoher jaulten ständig akustisch getunte Motoren um die Wette und die Konkurrenten kamen in den fantasieträchtigsten Karossen quasi rund um die Uhr und scheinbar völlig ohne Regeln über Stock und Stein (mit etwas Glück nur …) vorbei gebrettert.

Was einst als Erkundungsfahrt in unbeholfen wirkenden Rovern begonnen hatte, erbrachte – vielleicht auch, weil es so verdammt wenig zu erkunden gab - im wesentlichen die Erkenntnis, unbedingt schneller sein zu müssen als andere und - wo auch immer - zuerst einzutreffen. Dies hatte die Bestrebungen der Ingenieure alsbald in die gewünschte Richtung gelenkt, doch so überlegen und gefährlich sich die rasant schnellen Gefährte inzwischen auch ausnahmen, so landeten sie doch bemerkenswert oft direkt in der Scheiße, beziehungsweise in der hoch gepumpten und natürliche Senken füllenden Kanalisation.

Die Sümpfe, die sich dort bildeten, sollten sich ursprünglich in Ruhe zersetzen dürfen, unterstützt von sich bis über den Horizont ausbreitenden Pilzplantagen, welche den Menschen gleichfalls als Nahrungsquelle dienten und denen man – *keine Angst!* - von ihrer eigenen Art sich zu ernähren später nichts mehr anmerkte. Dennoch nahm den fortwährend ins Wasser ballernden Fahrern niemand etwas krumm. Sondern man war sogar im Gegenteil darum bemüht, die beliebten Haudegen unter offensiver medialer Anteilnahme mit Hilfe des Allheilmittels Hirntransfer in Klone zu retten, sofern natürlich welche zur Verfügung standen und etwas zu retten übrig geblieben war. Die so Geretteten lächelten anschließend tapfer in die Kamera und bekundeten ihren Dank dafür, ihre Karrierepläne auf diese Weise fortsetzen zu können.

Noch so ein Thema, bei dem S.T. Shepard keine Miene verzog. Doch so entschlossen er und seine Verantwortlichen sich bei den Schaben auch querstellten, so nachdrücklich gelüstete es den Volkskörper nach überirdischen Wagenrennen. So blieb dem General nichts weiter übrig, als die geheimen Akten zu Schaben-Wanderungen und Unfallzahlen zähneknirschend in die Schublade zu knallen und es dabei zu belassen. Immerhin schien so wenigstens gewährleistet, das es auf Daddy Menschen gab wie Mandy Grace, an denen diese Entwicklungen tatsächlich bisher nahezu komplett vorbeigegangen waren.

¤ ¤ ¤ ¤ ¤

Zum ersten Mal freute es Mandy Grace, dass auf Daddy stets Vorkehrungen für ein lustvolles

Beisammensein getroffen wurden, weil sie es sich nun zu zweit auf einer komfortablen Doppelliege unter Mond und Sternen gemütlich machen konnten. Zwar war der Anfang für ihre Begriffe schon wieder zu aufregend verlaufen, weil sich im Halbdunkel zwei eigenartig zerdrückte Kissen plötzlich unter Grunzen und Röcheln von der Liege aus davon gemacht hatten. Und was sie womöglich noch mehr schockierte als das, war, dass der Erdling Zorro hier schon wieder sehr viel besser Bescheid wusste als sie.

Es handelte sich um angestammtes Viehzeug vom Planeten Daddy, dessen affektierte zoologische Namen sie beide nicht mehr parat hatten. Zorro aber war bekannt gewesen, dass es diese Wesen hier noch gab, während sich Mandy Grace nur sehr dunkel an ein Hologramm von ein paar halb vertrockneten Exemplaren im Museum erinnerte, neben dem derart umständlich darauf verwiesen wurde, wo man die letzten dieser Art noch lebend würde besichtigen können, dass sich sowieso keiner je auf den Weg machte.

Sicher lag das mit daran, dass Daddys Urfauna sich seit jeher unterirdisch in Höhlen aufhielt und schon rein optisch nichts war, womit man im Schlafzimmer hätte aufwachen wollen. Hinzu kam ihre Geräuschkulisse, schauderhafte Schnarchlaute, die

entstanden, indem die wurmförmigen, etwa Hunds-
großen Lebewesen die Wände mit ihren Raspel-
Zungen abweideten. Kam es auf dem Planeten vor,
dass doch einmal ein Mensch verschied, tauchten sie
wie aus dem Nichts als erste gierig bei dem
Leichnam auf und machten sich an ihm zu schaffen,
was sie nicht beliebter werden ließ und eine
erbarmungslose Jagd zur Folge hatte. Davon stand in
dem Museumstext neben dem spärlich beleuchteten
Hologramm nichts. Die Lebensweise der Wesen lasse
das Gestein leider porös werden und Wände und
Decken mitunter einstürzen, war da zu lesen. Und
dem habe sich eben bedauerlicherweise nur durch
einen entschlossenen Vernichtungsfeldzug der
Schädlinge aus Gründen menschlichen
Selbstschutzes beikommen lassen.

Dies alles hatte Mandy Grace davon überzeugt, dass
die Tiere längst Geschichte waren. Nun musste Zorro
sie trösten und ihr beteuern, es sei reines Pech, dass
ihnen ausgerechnet hier die wirklich allerletzten
Exemplare über den Weg liefen. Bei all seinen
Streifzügen wären ihm sonst niemals welche
aufgefallen, das konnte er beschwören. Mandy Grace
war inzwischen so fertig mit sich und der Welt
gewesen, dass sie ihm schließlich einfach hatte
glauben wollen.

Außerdem schwor Zorro noch etwas anderes. Natürlich kenne er diesen Typen, von dem vorhin andauernd die Rede war. Schließlich sei er mit den übrigen von der Erde seit ihrer Ankunft drangsaliert worden, einen Kurs zu besuchen, in dem sie einander ständig etwas von besagtem Ovid vorlasen. Und weil das für alle so grässlich langweilig gewesen war und sie dabei fast immer eingeschlafen seien, habe er das bloß vergessen.

„Ach, jetzt fällt's mir wieder ein! Der Lehrer von dem Kurs hieß ja genau wie du."

„Euer Lehrer hieß Mandy Grace?"

„Quatsch, das natürlich nicht. Aber Johnson. Du heißt doch Mandy Grace *Johnson*, Baby. Oder etwa nicht?"

„Ja doch. Na und?"

„Aber deswegen dachte ich doch zuerst, du bist vielleicht ein Spitzel von dem oder so was. Dass du rauskriegen solltest, ob ich da überhaupt zuhöre und artig alles lerne, weißt du? Weil ich doch plötzlich in einem fort Dienst bei dir hatte."

„Wie bitte? Ich soll dich bespitzeln, was du von dem blöden Ovid weißt? Tickst du noch ganz richtig? Ich kann den doch selber nicht leiden, schon seit der

Schule nicht. Uns haben sie doch auch die ganze Zeit mit dem Zeug gequält."

„Baby, das wusste ich doch nicht. Sorry, Baby, sorry! Das wusste ich nicht."

Er hob entschuldigend die Hände und lächelte in dem spärlichen Licht auf sie herunter.

Er sah von unten so gut dabei aus, auf einmal so männlich und dabei doch jungenhaft verletzlich, dass die Sehnsucht sie packte. Und vielleicht war es auch heute einfach alles zu viel gewesen. Sie mochte nichts mehr hören von unausrottbarem Ungeziefer und Leuten, die bestürzend langweilige Kurse ausrichteten, zu denen sie offenbar andere Menschen nötigten, dann dort auch wirklich zu erscheinen. Und die dazu noch hießen wie sie und demnach munter Kinder zeugten, bei denen sie dann später keiner mehr nötigte, sich um diese zu kümmern oder überhaupt nur mal bei ihnen zu erscheinen. Solche Leute rangierten bei ihr noch weit unter dem Ungeziefer, sie hatte ein für alle Mal genug von alldem. Alles was sie wollte, war, es sich hier endlich einmal gut gehen zu lassen.

Im Stillen leistete sie dennoch kurz Abbitte bei ihrer Mutter – dieser ewig jungen Traumfrau, die sich wohl doch nicht seit gefühlten oder echten

Jahrhunderten als überzeugter Ovid-Fan in einen Kurs gehockt hatte, sondern wenigstens die letzten 20 Jahre über aus gar nicht mal egoistischen Motiven dort aufgetaucht war. Das war immerhin fürsorglicher, als es Mandy Grace von den Eltern sämtlicher ihrer Mitschüler her kannte. Dort hatten es viele nicht besser als Waisenkinder getroffen, also sorry, Mamma, hab' dich verkannt! Das dachte sie mit einem innerlichen Aufseufzen und damit sollte es aber auch mal gut sein.

„Wie ist das denn nun mit deinem Sternzeichen? Ist dir das echt so wichtig? Glaubst du wirklich, dass du etwas von einem Skorpion hast?", fragte sie Zorro, voller Hoffnung, durch die Erwähnung eines Viechs endlich von den ganzen übrigen abzulenken. „Klar! Nein. Ach, weiß ich doch nicht, keine Ahnung", sagte der mit niedergeschlagenen Augen und begann nervös, den Saum entlang der Liege abzuzupfen. Mr Pabst hätte das nicht gefallen.

„Auf der Erde gibt's halt Leute, die sich da was bei denken. Tun die meisten eigentlich."

„Aha - und der Alte?"

„Welcher Alte? Mr Pabst? Was soll mit ihm sein?"

„Hörte sich doch so an, als ob der Mr Pabst da gar nichts von gehalten hat … ."

„Ach, was weiß denn der! Was kann einer denn davon wissen, wenn er nie auf der Erde war? Das ist doch hier alles bloß *Fake*.“

„Dann ist es auf der Erde in Wahrheit ganz anders?“

„Nein, das nicht. Es sieht schon so aus. So *ungefähr*.“

Sie schwiegen ein Weilchen. Mandy Grace schien nicht überzeugt zu sein durch das, was er sagte. Aber sie selbst hätte natürlich auch nicht sagen können, wie es auf der Erde zuging.

Mit einem Mal wandte er sich ihr wieder zu, um sich im Liegestütz wie ein gespannter Bogen über sie zu beugen. Das Spiel seiner Muskeln unter der festen, schimmernden Haut erschien ihr plötzlich wie ein wunderschönes Abbild der Erde selbst, seltsam nah und fern zugleich, so als ob sie ihn im Grunde nie wirklich erreichen könne. Millimeter für Millimeter senkte sich sein Leib nun ganz langsam auf sie herab. „Hältst du mich denn für gefährlich, Baby?“, fragte er dabei so leise, dass sie die Worte fast nur an seinem Atem spürte. „So wie ein Untier, von dem du womöglich gleich gestochen wirst? Gefällt dir das etwa und willst du das vielleicht sogar die ganze Zeit, du loses kleines Ding?“

Das war jetzt nicht das eleganteste, was sie je zu diesem Thema gehört hatte. Aber trotzdem schlug sie groß die Augen auf und lächelte ihm zu. Und klar wollte sie.

Was Mandy Grace gut gefallen hätte

„Na, hoffentlich haben Sie einen guten Grund, den General um diese Zeit aufzusuchen", bemerkte Leslie Fiona Jenkins spitz und betrachtete den blassen und schmalbrüstigen Adjutanten ausgiebig von oben bis unten. Wie ein hübscher Storch versperrte sie ihm den Zugang, mühelos auf einem Bein stehend und mithilfe des linken Knies und der rechten Hand in den Türrahmen eingekeilt. Überaus nervös bewegte er sich trotzdem unausgesetzt leicht nach rechts und links, ganz so als könne er ihr spatzengleich irgendwo durchwischen.

„Bitte, Mam! Ich würde Sie nicht behelligen, wenn es nicht *äußerst* dringend wäre."

Seufzend machte sie ihm schließlich Platz und schaute nun abwechselnd ihn streng an und länger durch einen Feldstecher, mit dem sie den künstlichen Horizont nach ihrem Lebensgefährten absuchte. „Oh, du ahnst es nicht, du ahnst – es – nicht! So was glaubst du ja im Le-ben nicht!", murmelte sie dabei zwischen ihren zusammengepressten Zähnen hindurch. „Das hätte doch al-les längst einmal gemacht werden müssen". Sie ließ den Feldstecher sinken und nahm den jungen Mann wieder ins Visier, der leise zitternd neben ihr stand, seine Mütze in den Händen knetete und ihr wie ein einziges Fragezeichen vorkam.

„Der Horizont!", erläuterte sie ihm. „Haufenweise Rostspuren. Als ob wir im Inneren eines alten Kanisters leben! Halten Sie das für menschenwürdig? Und wollen Sie mal sehen?". Sie reichte ihm die Gläser, die er verständnislos anstarrte und während er langsam den Kopf schüttelte, sprach sie in genau demselben vorwurfsvollen Ton weiter. „Im Wasser scheint er ja nicht zu sein, Ihr Herr Vorgesetzter. Dann weiß ich leider auch nicht, wo er steckt!". Sie legte den Feldstecher irgendwo ab.

Ein Geräusch ließ sie beide herumfahren. Durch eine Tür, die sich so schwungvoll öffnete, als sei sie soeben aufgewacht, betrat der General den Raum, wobei er sich beiläufig das blütenweiße Hemd zuknöpfte und locker begann, dessen Ärmel umzuschlagen.

„James Spencer Torres, was führt Sie denn her? Ach, nun rühren Sie sich doch", rief er ihm leutselig zu, wohingegen der Genannte bei seinem Anblick eiligst Haltung angenommen hatte. „Ich hoffe nur, lieber junger Kamerad, Sie haben einen guten Grund für Ihr Kommen. Sonst gehen wir beide einfach noch eine Runde schwimmen. Ist doch ein wunderbarer selbstgemachter Sommertag heute. Da hat sie schon das richtige Näschen für, unsere Leslie Fiona. Liebe Güte, Torres! Was machen Sie denn für ein Gesicht? Kommen Sie, hier geht es lang."

Seine Stimme dröhnte durch das Strandhaus und sein ebenmäßiges Gebiss leuchtete sie aus dem braungebrannten Gesicht heraus an. Während er sie anstrahlte, waren alle drei bemüht, die weitere Gestalt zu ignorieren, die sich hinter Shepard leicht durch die Tür schob und seitlich an ihnen vorbei entschwand.

„Sir, ich kann Ihnen versichern, es gibt einen triftigen Grund, der mich herführt, sonst hätte ich bestimmt nicht gestört", stammelte der tiefrot angelaufene J.S. Torres, die Mütze unter seine schweißnasse Achsel geklemmt. „Ja, ja. Nun kommen Sie erstmal ", - der General machte eine ausladende Geste und schritt dann voran in sein Büro, im Vorbeigehen nach seiner schweren, alten Uniformjacke greifend, - beim Militär waren sie immer noch keine Freunde der Gestaltwandlung. Schon schwang die Tür mit einem leisen Fauchen hinter den beiden Männern zu, ließ bloß noch deren Umrisse erahnen und zwei Frauen zurück, die einander einen langen, ratlosen Blick zuwarfen.

Ganz kurz ist es erst her, da hatte mich mein Geliebter Shaun Trevor recht eindringlich darum gebeten, mich niemals um ihn zu sorgen. Wenn er etwas nicht ertragen könne, dann sei es dies (das waren *eins zu eins seine Worte*). Und nun ist mir so seltsam zumute, seit dieser verschwitzte junge Mann hier aufgetaucht ist, mit Augenringen, bei denen man leider gar nicht umhin kommt, sich Sorgen zu machen.

Unzweifelhaft merkt auch Leslie Fiona etwas, so gut kennen wir uns doch inzwischen und ich werde mir etwas einfallen lassen müssen, um sie zu beruhigen. Und das wird hoffentlich dabei helfen, dass auch ich mich wieder beruhige und dass wir uns alle hier und jetzt nicht verrückt machen lassen von dem, was sich dort hinter der Scheibe gerade abspielt.

Dabei sollte ich doch Vertrauen haben. Denn liebe ich nicht genau in diesem Moment eben jenen Mann, der uns allen seit über hundert Jahren ein so wundervolles Leben beschert? Und nach dem sich ebenfalls in diesem Moment jede Frau auf diesem Planeten verzehren würde, mit Ausnahme von Leslie

Fiona natürlich, die einfach zu jung für ihn geworden ist oder ein bisschen zu sehr Kind geblieben, um einen Mann wie ihn noch verstehen zu können.

Leslie Fiona, meine hübsche neue Freundin, die ich gerade angestrengt anlächle und die mir aufgeregt wie stets unbedingt etwas zeigen will, da draußen auf den künstlichen Wellen. Was gibt es denn dort Dringliches zu sehen, was sich nicht umgehend richten ließe wie alles in Leslie Fionas umsorgtem, verhätschelten Dasein? In dem sie sich alles wünschen darf und jeder streckt sich danach, es ihr so rasch wie möglich zu erfüllen.

Aber dann sehe ich, dass auch sie blass geworden ist und sich ängstigt und ich spreche mit lauter, betont ruhiger Stimme über meinen großen Durst und ob sie uns nicht einen Drink mixen will und den beiden Herren gleich mit. Schon entschwebt sie und ich bleibe mit den gestikulierenden Umrissen hinter der Scheibe allein. Will ich wissen, was da vor sich geht? Zum ersten Mal seit sehr langer Zeit bin ich mir da nicht so sicher.

¤ ¤ ¤ ¤ ¤

Vielleicht hing es damit zusammen, in welchem Leib Ruby Mayella derzeit steckte. Im Grunde war ihr vom ersten Moment an in diesem fremden Klon zumute gewesen, als ließe sich damit das Leben kaum jemals so unbeschwert genießen wie in ihrem natürlichen Körper und seinen Klonen, selbst dann noch, wenn sie ihren jetzigen Körper mit dem schwierigen, letzten Klon verglich, in dem sie so lange krank gewesen war und der den Wechsel in einen Zell-fremden Körper notwendig gemacht hatte.

Lag das womöglich an dem fremden Erbgut? War diese Unbekannte, in der sie festsaß, von Grund auf sehr viel nervöser ausgestattet als Ruby Mayellas ursprüngliches Naturell? (das ihr nun um so vieles ausgeglichener vorkam). Erschien ihr das aber unter Umständen bloß so? (weil die Erinnerung ihre einstigen Empfindungen vergleichsweise milde wiedergab?). Oder vertrug sich die Erbmasse ihres derzeitigen Klons nicht mit ihrer ursprünglichen und erzeugte das Dissonanzen, die sie nun erdulden musste? Oder aber hatten ihr Gastkörper und seine Ahnen einfach nur schlimme Dinge hinter sich - was dessen Leib nicht mehr vergessen oder verdrängen konnte und ihr eigenes uraltes Gehirn kaum noch zu überschreiben in der Lage war?

Und bestand darüber hinaus nicht auch die Möglichkeit, dass dieses steinalte Gehirn ihr inzwischen Streiche spielte und sich in ihr Leben einmischte wie eine misstrauische Alte, die sich allmählich breit machte, ganz gleich, wie jugendlich, hübsch und frisch sich Ruby Mayella im Spiegel zulächelte?

Dass all dies ... - oder aber auch nichts davon ... - ... oder auch von allem ein bisschen ... - zutreffen mochte - und niemand auf der Welt ihr hätte sagen können, was denn nun in Wahrheit los war – solche Überlegungen bekamen allmählich das Potenzial, sie auf der Stelle durchdrehen zu lassen. Ruby Mayella war deshalb heilfroh, als sich Leslie Fiona Jenkins wieder näherte, ihr klapperndes Teewägelchen herumkommandierend, welches mühevoll und mit leichtem Quietschen, aber doch recht selbstständig eine Riege bunt gefüllter Gläser mit Kokos-Rand heran karrte.

¤ ¤ ¤ ¤ ¤

Die Nachricht von der Erde, die den Adjutanten so beunruhigt hatte, war denkbar knapp gehalten und S.T. Shepard hatte sie sich vorlesen lassen müssen, weil er seine Lesebrille nicht finden konnte. Und so lauschte er den Worten noch nach, als Torres bereits fertig war und spürte peinlich berührt, wie ihm die Tränen in die Augen schossen.

122

Eine Reaktion seines überalterten Gehirns, natürlich. Torres verstand das und der General nahm hinter dem feuchten Schleier wahr, wie sich der junge Mann unter der Last der Verantwortung straffte und daran wuchs. Das hätte er selbst auch gern getan, aber mit ihm passierte überhaupt nichts, außer das mit den Tränen und das sollte ja noch nicht mal sein.

Einige Stunden hatte die knappe Nachricht von der Erde bis hierher gebraucht. Das war gar nicht lange, wenn man bedachte, dass sie die Zukunft des Planeten hier für immer verändern würde. Dass sie einen elend langen, schleichenden und sehr endgültigen Tod für alle hier bedeutete, die sich Klone hatten leisten können und für die anderen ja ohnehin.

Das Klon-Institut sei geschlossen und bereits dem Erdboden gleich gemacht worden – das war im Kern auch schon die ganze Botschaft. Und jetzt wüchse dort bereits ein Mahnwald. Es folgte noch eine Auflistung der botanischen Namen der gepflanzten Bäume. Ansonsten noch ein kleiner Nachsatz: Statt in Anzucht befindliche Klone noch auszuliefern, habe man sich entschlossen, diesen die Freiheit zu schenken und sie in die Erdgesellschaft einzugliedern.

Die Mitteilung schloss mit Grüßen von der Erde an den Planeten KX1.300,471//385B-12, aber auch mit dem Hinweis, dass gegen diese Entscheidung keine Rechtsmittel eingelegt werden konnten. Alle atomaren Waffen, die einst *einseitige* und *unfreiwillige* (darauf wurde nun *fast genüsslich* hingewiesen) Grundlage der getroffenen Vereinbarung gewesen waren, habe man längst aufgetrieben, fachgerecht entschärft und entsorgt (kein Wort dazu, wie man *das* erreicht haben wollte). Das ganze, auf der Erde augenscheinlich äußerst unbeliebte Kapitel sollte sich damit wohl für immer schließen.

Und danach ... - kam nichts mehr. Keine guten Wünsche. Keine geäußerte Hoffnung auf florierende Handelsbeziehungen. Keine Aussicht auf eine Rückkehr auf die Erde jemals. Kein Band zwischen den Menschen, kein Interesse an einer Diplomatie der Welten, an einem wie auch immer gearteten Austausch oder technischen Details dazu, wie es sich so fernab denn nun leben mochte oder wie sie hier und dort ihre Probleme lösten. Gar nichts.

Nichts. Man schien lediglich erleichtert, die Bewohner des Planeten Daddy als eine Bande von Klon-Schmarotzern endlich los zu sein. S.T. Shepard knirschte daraufhin eine ganze Zeitlang beinahe lautlos mit seinem blendend weißen Zähnen.

Als litte er bereits an der Schüttellähmung, ruckte der Finger des Generals gereizt über das verblasste Landkarten-Hologramm der Erde mit den vielen verzeichneten und vor sehr langer Zeit vergrabenen Atombomben. Wahrscheinlich waren das aber doch bloß der erlittene Schock und in dessen Schlepptau sein aufflackernder Zorn - was S.T.Shepard alles noch eine Zeitlang gründlich im Griff hatte. Ihm war zumute und er mochte sich das kaum eingestehen, als sei er in einer lange bestehenden und bequem gewordenen, überaus duldsamen Liebesbeziehung ohne Vorwarnung abserviert worden.

Sollte er diesen Steinzeitfiguren in der fernen Heimat ihr Gestammel abnehmen oder einfach *zünden*? Eben mal so als Antwort, um ihnen zu zeigen, dass er noch da war und was er ihnen noch anzutun *vermochte*? Wie viele Opfer würde es fordern, wie sehr würde es sie treffen, wenn sie bloß hoch gepokert hatten, diese ewigen Technik- und Fortschrittsverweigerer? Aus dem Augenwinkel sah der vor sich hin schnaubende General seinen Adjutanten neben sich, dem der Mund angesichts solcher Möglichkeiten weit offen stand, und das vermochte seine Wut endlich ein wenig zu dämpfen.

Vor über hundert Jahren hätte man so innerhalb von - je nach Entfernung der Zünder Stunden, Tagen oder Wochen - auf der Erde an die drei Milliarden Tote zu beklagen gehabt. Hinzu kämen unzählige für immer und in allen Folgegenerationen Gezeichnete, sowie die für sehr lange Zeit unbewohnbar gemachten Gebiete, die einst unter der strategischen Kompetenz des Generals ausgewählt worden waren. Da kam sicher immer noch einiges zusammen.

Vielleicht machte diese Aussicht denen auf der Erde aber auch gar nichts mehr aus, weil die Menschheit dort eh überquoll. Wie voll es auf dem Heimatplaneten inzwischen geworden war, ließ sich gar nicht sagen, denn seine Leute trieben dort ja keine Spionage mehr. Und von den Kids, die sie in die Klon-Transporte steckten, brauchte man keinen zu fragen. Diese bei ihrer Ankunft auf Daddy immer noch jungen Erdlinge erschienen einem so unbedarft wie Säuglinge.

Andererseits machten die vermuteten Zahlen dem General aber auch klar, dass er sich hinsichtlich der Bedeutung ihres spektakulären Aufbruchs seinerzeit getäuscht haben mochte. Mit ihren auf dem Planeten Daddy insgesamt gut fünfzehn bis zwanzig Millionen Einwohnern (genau konnte er sich das nie merken) nahmen sie auf der Erde schon allein zahlenmäßig womöglich nie die Vorreiterrolle ein, die sich S.T. Shepard und seine Gefolgsleute - vielleicht etwas naiv - stets eingeredet hatten. Sondern sie galten schlicht als *versprengtes Grüppchen*, welches es ohne seine erpressten Sonderrechte wohl nicht mehr lange geben würde.

Dass aber derzeit eben auch noch irgendwo existierte - und das, wollte es nicht sang- und klanglos untergehen, künftig lernen musste, ohne die Nabelschnur der alle sieben Jahre getreulich erfolgenden Klon-Transporte von Mutter Erde auszukommen.

Es machte die Sache nicht besser, dass die Erdbewohner dank der Rückkehrer aus den Klon-Transporten wussten, wie sehr man sich hier um Fitness und Fortpflanzung bemühte und das bereits ohne die ganze Klon-Manie.

Auf Daddy gedieh auf Dauer alles immer weniger gut, ganz gleich ob es sich um Menschen, Tiere oder Saatgut handelte, mit Ausnahme der blöden Schaben vielleicht. Saatgut und Zuchttiere frisch von der Erde waren als Beigabe zu den Transporten selbstverständlich gewesen. Als Notversorgung für die Crew und was sonst noch übrig blieb, kam gewöhnlich dem Planeten zugute. Das fiel ja nun auch alles flach - dem General war es nun unerträglich heiß geworden. Er zog die Uniformjacke wieder aus und warf sie von sich.

Und was war überhaupt eigentlich aus ihm selbst geworden? Vermochte er noch so unverdrossen zu töten wie früher, als ihn der Lohn ewigen Lebens lockte? Als es noch ein echter Job gewesen war, die einen dahin zu metzeln und die anderen um jeden Preis zu beschützen, also um jeden Preis, den sie zu zahlen bereit waren.

Blaue Kinder ... – dass er nicht lachte. Das war etwas, was ihn ein wenig abzulenken und immer noch zu amüsieren verstand. An sich eine schlau eingefädelte Strategie mit ihrer Mär von der bedrohten Erdatmosphäre, das musste man zugeben. An die er im übrigen keine Sekunde lang in all den Jahren geglaubt hatte. Shepards Faust schlug auf den Tisch, das ließ den Adjutanten zusammenzucken.

Es war etwas in der Nahrung oder in den Getränken gewesen, was die Leute hatte atemlos werden lassen, davon war S.T. Shepard unverändert überzeugt. Seinen Gegnern war doch noch nie eine Masche zu blöd oder zu grausam gewesen, um die Massen in ihrem Sinne zu manipulieren. Oft hatte es für ihn sogar so ausgesehen, als sei denen auf der anderen Seite alles Menschliche abhanden gekommen – die Sache war einfach erheblich aus dem Ruder gelaufen, geradezu *monströs*, wie er bei sich dachte.

Auch seine Schützlinge waren reihenweise der Hysterie verfallen und hatten keinen Schritt mehr getan ohne ihre dämlichen Sauerstoffbeutel. Komisch, dass er selbst nie einen gebraucht hatte – einfach weil ihm völlig klar gewesen war, dass mit der Luft alles stimmte. Er hatte sich eben sehr vorgesehen, was er sonst noch so zu sich nahm. *Das* hatte für ihn den Ausschlag gegeben, mehr Beweise brauchte er nicht. Beweise dachten sich die Leute doch für unbelehrbare Lackaffen aus, die ungerne und daher mit nichts rechneten, mit etwas Bösem schon gleich gar nicht.

Nein, auf der fernen Erde hatte sich scheinbar gar nichts geändert. So war es leider. Der ruckende Finger vor ihnen kam allmählich zur Ruhe. Sich so aufzuregen - das brachte ja überhaupt nichts, weder in dieser noch in einer anderen Richtung. Mal schauen, wie er dachte, wenn er sich wieder zusammengerissen hatte.

Dann würden seine Hirnzellen – *alt* hin oder her - , wieder so strategisch funktionieren und auf die Situation eingehen wie eh und je.

¤ ¤ ¤ ¤ ¤

Die bonbonfarbenen und fröhlich geringelten Drinks für die Damen hatten sie schon eine Zeitlang ausgetrunken und hinter der Scheibe tat sich noch immer nicht das geringste. So machte Ruby Mayella sogar den Anfang und griff zu einem der Gläser für die Herren, die Leslie Fiona äußerst fantasievoll zubereitet hatte.

Während der eine Weizenfelder-gelbe Drink auf einer Menge Eis, - was über seinen nicht geringen Alkoholgehalt hinwegtäuschte - , perfekt einem guten Whiskey nachempfunden war (und auch so schmeckte, wie sich herausstellen sollte), wirkte der andere blutrot gefärbte wie ein Vulkan kurz vor dem Ausbruch. Raffinierter weise blubberte er dazu tiefgründig vor sich hin und stieß in unregelmäßigen Abständen kleine Rauchwolken aus.

Es erforderte einigen Mut, einen Schluck daraus zu nehmen und so wechselten sich Leslie Fiona und Ruby Mayella dabei ab, wobei sie einander verschwörerisch zunickten. Das Whiskey-Imitat wirkte danach eher als Nachspeise. Schuldbewusst versuchten sie anschließend noch, den Schaden wiedergutzumachen und in die Küche zu gelangen, um neue Drinks zu mixen, doch kamen sie nicht weit. Auch dem Teewägelchen war das Gewicht der beiden Damen entschieden zu viel und es verweigerte den Dienst.

Natürlich hatte es Anzeichen gegeben. Möglicherweise hatten sie diese ja einfach nur nicht sehen *wollen*, beispielsweise als sich kürzlich fast das gesamte von der Erde stammende Pflegepersonal zum Rücktransport entschlossen und gemeldet hatte, woraufhin alles mobil gemacht worden war, was die siebenjährige Reise zur Erde irgendwie durchzuhalten versprach.

Jeder Rückkehrwillige hatte einen anderen triftigen Grund vorweisen können, doch die schiere Anzahl der Leute hätte sie eigentlich stutzig machen müssen. Statt dessen hatte S.T. Shepard bloß „Wer nicht will, der hat schon" gedacht und sich mit einigen äußerst bürokratisch tickenden Behördenleitern über die ganzen Einsparungen und den nun verfügbaren Wohnraum gefreut.

Sie hatten sich ernsthaft eingeredet, dies sei eine willkommene Lösung für die zunehmenden Unruhen und den Konkurrenzdruck zwischen ihrem mittlerweile reichlich alteingesessenen Personal und den leistungsfähigeren und vor allem auch viel preiswerter arbeitenden Erdlingen. Sie hatten

131

tatsächlich fest darauf vertraut, dass sich schon immer und endlos neue junge, ehrgeizige und dem Abenteuer zugeneigte Erdenkinder darum reißen würden, künftig Klon-Transporte zu begleiten.

Wie blind sie doch gewesen waren, das konnte er jetzt selbst kaum noch glauben. Wie satt und sicher hatte er sich und die Seinen in diesem fürstlichen Dasein gewähnt. Ob ihm die vielen Bäder in dem künstlichen Meer überhaupt noch gut taten? Auch das würde er überdenken müssen. Andererseits war man hinterher ja immer schlauer.

Bevor sie beide nun wieder zu den draußen wartenden Damen stießen, stoppte die kräftige, braune Hand des Generals vor der Brust des Adjutanten, der sich gerade zur Tür umdrehen wollte, weil ihm noch etwas Wichtiges eingefallen war.

Du liebe Güte – wie es Leslie Fiona beibringen?

Was mir ganz sicher nicht gefiel

Er hatte sich mit Leslie Fionas Mutter vom ersten Moment an ausnehmend gut verstanden. Ein enormes, gegenseitiges Verlangen auf den ersten Blick, so hatte S.T. Shepard das als (echter) junger

Mann vor nunmehr weit über hundert Jahren auf der Erde, - auf *seiner* Erde - , empfunden.

War es damals Liebe? Ja, sicherlich doch. Natürlich musste Liebe mit im Spiel gewesen sein oder sie war sogar die treibende Kraft, wie hätte es denn sonst gehen sollen. Auch wenn es leidenschaftliche Anziehung im Grunde fast noch besser traf.

Wobei sich das alles im Überschwang ihrer einstigen Jugend miteinander vermengte und vermischte, damals und selbst jetzt noch in seiner längst schwächer werdenden Erinnerung, die doch bloß noch vor sich hin kokelte, verglich er es mit der lodernden Flamme, die sie seinerzeit beide erfasst und umgetrieben hatte.

Der allein in seinem Büro zurückgebliebene General stützte die Stirn schwer in seine tröstlich warmen Hände. Es wunderte ihn manchmal, wie wenig von dem Brausen übrig blieb, das sie als junge Menschen so stark mitgerissen hatte. Vielleicht kam das daher, dass er sich zwingen musste, an eine Frau zu denken, die nun schon so lange tot war. Ja, vielleicht war es das.

Er hatte ihre enorme sexuelle Vitalität über alle Maßen bewundert, im Grunde war sie zeit ihres kurzen Daseins auf der Erde die lebendigere von ihnen beiden gewesen. Und er hielt sich von jeher viel zugute auf seine Toleranz und ein so gut wie gleichberechtigtes Miteinander zwischen Männern und Frauen. Es törnte ihn ungeheuer an und er hatte es genossen, dass sie immer wollte und sie hatte es geliebt, dass er immer konnte. Nur hatte ihr das auf Dauer scheinbar nicht gereicht. Und er hatte vergessen oder nicht die Zeit gefunden, sich sonst noch mit ihr auseinanderzusetzen. Sonst wäre ihm vielleicht aufgefallen, wie sie tickte und dass sie sich ganz selbstverständlich vorbehielt, neben ihm mit anderen zu schlafen, mit etlichen anderen, so wie er auch.

Aber sie kannte die ungeschriebenen Gesetze des Militärs nicht oder sie waren ihr einfach egal gewesen. Das war im übrigen der Knackpunkt, dass sie sich diesbezüglich nie im klaren war beziehungsweise gar nicht darüber nachsann. Auch ihn hatte nie groß gekümmert und nicht einmal interessiert, mit wem sie es sonst noch so trieb, das wussten beide. Manchmal hatte sie auf ihn sogar gewirkt, als habe er sich diese Frau bloß ausgedacht. Als sei sie eine kaum zu greifende Gestalt seiner sehr heißen Träume von damals oder wie aus einem einschlägigen Film.

Doch außer ihm noch mit seiner halben Kompanie zu schlafen, das ging natürlich nicht und hatte ihn vor den anderen unwiderruflich lächerlich gemacht. Außer sie wäre eine Käufliche gewesen. Das hatte er leider nicht gewusst, nie herausbekommen oder sich gar nicht vorstellen mögen.

Der Knackpunkt hatte danach ihr Genick sein müssen. Vor allen anderen. Um ein Exempel zu statuieren. Um sein Gesicht bei der Truppe zu wahren. Der General netzte seine Hände mit lautlosen Tränen. Er sah ihr Gesicht noch vor sich, selbst nach all der langen Zeit überdeutlich und eher jungenhaft frech und verwundert als ängstlich.

Vor dem Moment des Tötens hatte er sich nicht gefürchtet, das tat er nie. Dazu hatte er das zu oft und zu selbstverständlich praktiziert, ja, er hielt sich darin sogar für besonders human, weil es bei ihm so schnell und sauber zuging. Wie eine kurze, edle Drehung im Tanz (er war ein sehr guter Tänzer). Er glaubte, sie anschließend ganz schnell vergessen zu können, weil sie sich als so unerträglich dumm erwiesen hatte, ihn bloß zu stellen.

Doch im Bruchteil der Sekunde, bevor sie starb, überraschte sie ihn. Durch ihre unfassbare Kühnheit, ja Kaltschnäuzigkeit angesichts ihres eigenen Todes. Das war das eine, was er so noch nicht kannte. Und dann hatte ihr Mund lautlos Worte geformt, die er verstand, als ob er das Lippenlesen seit langem beherrschen würde (was er nicht tat).

Mein Kind. Ich habe doch ein Kind.

¤ ¤ ¤ ¤ ¤

Ihn überkam erstmals eine Ahnung, dass er die Mutter nicht vergessen würde, als er dieses Kind vor sich hatte. Eine schmale, achtjährige Miniaturausgabe von ihr, beinahe ihr Klon, in den sich bereits Vorläufer der Pubertät einschlichen, wofür die knotigen Knie sprachen und so hoch aufgeschossen, wie das Mädchen für sein Alter bereits war.

Ihre bedingungslose Zutraulichkeit hatte ihn verlegen und zu seinem Entsetzen fast geil werden lassen. So dass er sich angewöhnte, sie mit beiden Armen weit ausgestreckt von sich zu halten und ernst und besonnen auf sie einzureden. Dabei verspürte er eine bitter schmeckende Schuld, die ihm die Kehle zu versperren drohte. Und ganz plötzlich und wahrhaft unverhofft in seinem Leben Verantwortungsgefühl für dieses hellhaarig zerzauste, wilde, kleine Ding, das trotz der Ähnlichkeit verletzlicher als die Mutter zu sein

136

schien, auf jeden Fall wirkte es so viel hilf- und argloser.

Ihm blieb jedoch kaum Zeit für das Kind und so versuchte er vergeblich, sie von seiner aktuellen Geliebten, der Forscherin Alison Ivy, die seinerzeit noch Maddock hieß, bemuttern zu lassen. Ein hoffnungsloses Unterfangen, denn hier traf wild auf wild, zerstreut auf äußerst zerstreut und kindliche Sorglosigkeit auf eine gänzlich andere Interessen-Lage. Alison Ivy fragte niemals nach, woher das Mädchen auf einmal kam, dafür lebten sie möglicherweise auch in zu anstrengenden Zeiten, – sie insistierte jedoch leise bei ihm, die Kleine würde ihr das Labor verwüsten. Da er sehr genau wusste, dies war so ziemlich das Schlimmste, was man der jungen Wissenschaftlerin antun konnte, brachte er Leslie Fiona anderweitig unter.

Er versprach sich eine Menge vom Forschergeist seiner neuen Freundin. Weit mehr als von irgendeiner sexuellen Anziehung zwischen ihnen. Einmal, weil Alison Ivy so gar nicht seinem Frauentyp entsprach, mit ihrem unreif anmutenden, gerade ausreichend gepflegten Knabenkörper, aus dessen verschattetem Engelsgesicht die Augen heraus leuchteten wie Edelsteine aus einer schwach beleuchteten Höhle, was von ihrer ewigen

Überarbeitung oder einer Nierenschwäche herrührte, er wollte es gar nicht genau wissen. Eigentlich war das alles nicht sein Fall.

Und dann baute sie sein angeknackstes Selbstbewusstsein nicht gerade auf mit ihrer Art hingebungsvollen Apathie im Bett, aus der sie erst fand, wenn ihr die Lösung für ein wissenschaftliches Problem gekommen war. Was ihr auch gleich anzumerken war, da ihr nichts weniger lag als die Kunst sich zu verstellen.

Doch wäre sie anders gewesen, hätte sie ihn vielleicht schmerzhaft an Leslie Fionas Mutter erinnert. So allerdings würde er sie niemals verwechseln.

Es waren ja auch ganz andere Dinge, die ihn bei ihr hielten. Die Selbstverständlichkeit ihres superreichen Elternhauses etwa, die ihn, der aus betuchtem, aber eben nicht steinreichen Zuhause stammte, lehrte mit jenen umzugehen, die bald vor ihm knien sollten und ihn anflehten, sie auf seine Mission mitzunehmen. Der Lösung, die er anbot, um sie den verkomplizierten Zuständen auf der Erde entkommen zu lassen, bei denen es ihnen ernsthaft an den Kragen ging und für die sie natürlich märchenhaft viel Geld ausgeben sollten.

Der Umgang mit der zwanghaft ehrlichen Alison Ivy hatte ihm beigebracht, womit er in diesen Kreisen rechnen konnte und wo die Grenzen lagen. Was sich aushalten ließ und was nicht. Das war nicht unwichtig, auch um die sieben Jahre während Reise in die neue, unbekannte Heimat gemeinsam zu überstehen. All das lernte er von ihr, die den Superreichtum mit der Muttermilch aufgesogen hatte und sich daraus scheinbar kaum etwas machte.

Wie weit sie mit ihrem Forschungsprojekt, dem Klonen, gediehen war, ermaß S.T. Shepard am Verhalten ihres damals festen Freundes und späteren Ehemannes, dem offensiv behaarten Geschäftstycoon Gerald Donovan Pabst. Dessen Anteilnahme las er aus seiner beständigen Anwesenheit im Hintergrund ab und eben daraus, das er die Füße still hielt und ihn als Nebenbuhler *nicht* bekämpfte.

Wer sich in diesen Sphären so verhielt, der hatte etwas zu verlieren, etwas ungeheuer wichtiges und ganz sicher sehr kostspieliges. Und weil das so war, hätte S.T.Shepard sie am liebsten alle beide dabeigehabt bei dem, was er vorhatte, da er sehr wohl spürte, wie sehr sie ihre Kräfte im Team noch zu bündeln vermochten.

Nun aber musste der mittlerweile schweißdurchtränkte General über hundert Jahre später wieder einmal ohnmächtig feststellen, wie vorteilhaft das für jeden von ihnen gewesen wäre. Vor allem aber für die kleine Leslie Fiona, deren Mutter er umgebracht und der er dafür - als übergeordneten Ausgleich sozusagen - ewiges Leben hatte schenken wollen. Mit den beiden Klon-Spezialisten an Bord des Raumschiffs hätte das bestens und wahrscheinlich auch für immer funktioniert.

¤ ¤ ¤ ¤ ¤

„Na, wie läuft es denn mit deinem Freund, diesem Pfleger von der Erde?", fragte Ruby Mayella ihre Tochter am Telefon. Wobei ihr sehr daran gelegen war, hier auf den neuesten Stand gebracht zu werden. Viel eher, als etwas von ihren eigenen Verhältnissen preiszugeben, an denen wohl so ziemlich jedes Detail geheim war.

„Ach, wenn ich das selbst wüsste, wäre mir wohler", lautete Mandy Grace's knappe Antwort. Sie brauchte einen Moment um dann weiter zu sprechen. „Weißt du, Mama, ich versteh' die Kerle einfach nicht. Es war richtig schön mit uns, vielleicht sogar so schön wie nie. Und jetzt vergeht die Zeit und vergeht und ich höre und sehe nichts von ihm. Ist so was normal? Und weißt du – der Typ ist schon dreiunddreißig.

140

Hättest du ihn so alt geschätzt? Du weißt doch, wie er aussieht, du bist ihm doch schon begegnet. Dazu benimmt er sich die ganze Zeit wie ein Jugendlicher, dabei ist er älter als dein Neukörper. Was sagst du denn dazu? Du kennst dich doch aus!"

„Ach, ja? Ich kenn' mich aus - und das gleich auch noch in Beziehungen zu reiferen Männern?" Ihre Mutter ließ ihren Worten ein leicht schrilles Lachen folgen. „Ja, gut, ich kenn mich also aus", murmelte sie, sank ein wenig in sich zusammen und richtete sich dann wieder auf. „Ich weiß schon, ich müsste eigentlich die uralte, erfahrene Schachtel geben, die dir Ratschläge erteilt und sich Sorgen um dich macht und so."

Mandy Grace sah auf dem Hologramm, wie ihre Mutter den hübsch frisierten Kopf schüttelte und ihn dann im Nacken ablegte. „Nun ist es aber so", kam es danach etwas resigniert durch die Leitung, „dass ich mit jedem frischen Körper wieder ganz von vorn anfange. Ja, - so ist das scheinbar nun mal". Es schien, als ob sie vor allem zu sich selbst sprechen würde.

Sie hörte ihre Mutter aufseufzen, vernahm, wie sie tief Luft holte und anschließend den Faden wieder aufnahm. „Das sind die Hormone, würde ich mal vermuten. Insofern liegen wir wohl gleichauf und ich kann dir wenig raten, mein liebes Kind! Ich bin doch auf eine gewisse Weise selber noch jung und habe es nicht anders gewollt". Unvermutet klang sie auf einmal sehr ernst, schaute Mandy Grace aus dem Hologramm heraus geradeaus an und eine Pause entstand.

„Na, irgendwie klingst du schon anders als mit diesem ganzen schlauen Gerede von früher", sagte Mandy Grace, die sich mit der Hand nachdenklich über den Oberarm strich. „Etwas musst du gerade richtig machen, sonst wär's doch kaum so!" Sie schlug die Augen nieder und kratzte wie abwesend mit dem frisch manikürten Fingernagel über eine unebene Stelle auf dem Arm.

Ruby Mayella kniff die Augen leicht zusammen, denn das waren verbindliche und sanfte Töne, die sie von Mandy Grace gar nicht kannte. „Was ich von mir leider nicht sagen kann", hörte sie ihre Tochter eben weiter sprechen. „Ich habe keine Ahnung, was aus meiner Beziehung zu Zorro wird oder werden könnte". Mandy Grace legte die Stirn in der Hand ab und sah wieder ins Hologramm. „Ja, ich weiß im Grunde nicht einmal, was ich mir diesbezüglich eigentlich wünschen soll. Außer du-weißt-schon-was haben wir wenig gemeinsam und anders, als du immer predigst, finde ich einen Austausch außerhalb des Bettes schon ganz sinnvoll. Ob das mit Zorro klappt? Keine Ahnung, wie gesagt!"

Ihre Tochter wirkte nun wieder wie sonst. Leicht ungehalten und wie so oft in ihrem Leben versuchte Ruby Mayella sie zu beschwichtigen. „Nun warte doch aber erstmal ... noch ein biss ... chen ab", kam es verzerrt aus dem kleinen dreidimensionalen Bild, möglicherweise kam das von einem elektrisch aufgeladenen Teilchensturm an der Oberfläche des Planeten, dem es gelungen war, die Schutzvorrichtungen zu unterwandern. „Es hat ja auch seine Vorz... Vorzüge, wenn sich die Dinge nicht ganz so schn ... schnell entwickeln. Liebe G ... Güte, ist das wieder eine schl ... schlechte Verbindung, das ist ja wie fr ... früher auf der ... einem Funkloch."

Kurz erschien ein Standbild ihrer Mutter, auf dem sie die Augen rollte. Mandy Grace fing an zu lachen, weil sie wusste, das Telefonat würde nun nicht mehr lange dauern. Geklonte Leute waren heillos ungeduldig und ihre Mutter ohnehin. Sie würde bestimmt nicht in der Hoffnung auf eine bessere Verbindung noch einmal anrufen.

„Dann noch viel Spaß mit deinem Ovid-Kurs und Herrn Johnson. Wie ist er denn so?", rief Mandy Grace noch in die sterbende Leitung, bekam aber statt einer Antwort nur noch ein Knacken und weitere vergnügliche Bilder.

¤ ¤ ¤ ¤ ¤

Als er wieder einmal auf Alison Ivy wartete, - ob sie von der Arbeit noch nicht zurückgekehrt war oder ihn gerade erst dafür spornstreichs verlassen hatte, wusste er nicht mehr zu sagen - , da war S.T. Shepard ein Buch in die Hände gefallen und er hatte in seiner uferlosen Langeweile darin zu blättern begonnen.

Was der Einband ihm anvertraute, war, dass ein gewisser Publius Ovidius Naso, kurz Ovid, dieses dicke Buch verfasst hatte. Auf den putzigen Namen des antiken römischen Dichters folgte eine Beschreibung seines Lebensweges, der mit der Verbannung durch den römischen Kaiser Augustus endete, die auch von dessen Nachfolger und bis zum Tode Ovids nicht aufgehoben wurde.

Warum war ein Dichter so hart gestraft worden? Ein dunkles Geheimnis aus dem Hause des Herrschers sei der Grund gewesen, wurde in der Beschreibung gemutmaßt. Das hatte S.T. Shepard veranlasst, in Bauchlage und den Kopf auf die Hände gestützt, den Schinken mittendrin aufzuschlagen und los zu lesen, bis die Sätze ihn wie in einem Strudel mit sich hinab zogen. Bald drohte dem jungen Militär eine

144

Genickstarre, doch er konnte beim besten Willen nicht mehr aufhören, das Zeug zu lesen, bis ihn auch der letzte Schrecken ereilt hatte.

Er stieg rein zufällig ein, direkt zu Beginn einer der Geschichten. Und es war ihm unmöglich, sich von diesen Zeilen vor deren allzu grausigem Ende wieder zu lösen.

¤ ¤ ¤ ¤ ¤

„Doch, wer hätte das gedacht, du allein, Athen, ließest auf dich warten. Deine Pflicht zu erfüllen, verhinderte ein Krieg. Denn über das Meer her waren Barbaren-Scharen gekommen und bedrohten Attikas Festung. Doch der Thraker Tereus eilte mit seinem Heer zu Hilfe, zerstreute die Feinde und erwarb sich durch den Sieg einen berühmten Namen.

Diesen Tereus, der reich war an Schätzen und Leuten und sich als Heldensohn des mächtigen Mars bekannte, band Athens König Pandion durch die Vermählung mit seiner Tochter Prokne an sich. Doch weder Juno, die die Ehen stiftet, noch Hymenäus oder eine der Grazien ist bei der Hochzeit zugegen. Furien trugen die Fackeln, die sie einem Leichenzug entrissen hatten. Furien deckten das Ehebett, auf dem Dach ließ sich unheilverkündend ein Uhu nieder und blieb am First des Brautgemachs sitzen.

145

Unter solchen Vorzeichen wurden Tereus und Prokne vermählt. Unter solchen Zeichen wurden sie Vater und Mutter. Gleichwohl freute sich Thrakien mit ihnen und sie selbst dankten den Göttern und geboten den Tag, an dem Pandions Tochter dem berühmten Herrscher zuteil geworden war, ebenso festlich zu begehen wie den Geburtstag ihres Söhnchens Itis. So wenig wissen wir Menschen, was für uns Glück bedeutet.

Schon hatte der Sonnengott das Jahr, das sich immer erneuert, durch fünf Herbste geführt, als Prokne schmeichelnd so zu ihrem Gatten sprach: *Wenn du mich irgend liebst, so gestatte, dass entweder ich meine Schwester besuche oder sie hierher kommt. Du brauchst nur dem Vater ihre baldige Rückkehr zu versprechen und verschaffst du mir den Anblick der Schwester, gilt mir das so viel wie ein reiches Geschenk.*

Tereus lässt sofort die Schiffe ins Meer ziehen, mit Segeln und Rudern läuft er in den Hafen Athens ein und landet am Strand des Piräus. Sobald er bei seinem Schwiegervater vorgelassen wird, schlägt Rechte in Rechte. Ihr Gespräch beginnt unter günstigen Zeichen. Eben war er dabei, vom Grund seines Kommens zu erzählen, sich des Auftrags seiner Gattin zu entledigen und die rasche Heimkehr der Schwester zu versprechen, falls er sie reisen dürfen sehe, da tritt Philomela ins Gemach.

Reich an herrlichem Schmuck, doch noch reicher an Schönheit. So müssten Najaden und Triaden inmitten der Wälder einhergehen, gäbe man ihnen nur Kleider und ähnlichen Schmuck.

Als Tereus die Jungfrau erblickte, entbrannte er nicht anders, als wenn man Feuer in einem reifen Kornfeld legt. Oder dürres Laub und Heu verbrennt, das schon in die Scheune geschafft war. Ihn reizt ihre Schönheit, aber auch angeborene Lüsternheit, denn liebestoll sind die Menschen in seiner Heimat.

So lassen ihn die eigene Schwäche und die seines Volkes erglühen. Gleich möchte er Philomelas wachsames Gefolge und ihre Amme bestechen, sie selbst durch ungeheure Geschenke in Versuchung führen. Sein ganzes Reich dafür hingeben oder sie rauben und um die Geraubte den blutigsten Krieg führen.

Nichts gibt es, was er in seiner zügellosen Verliebtheit nicht wagen wollte. Und sein Herz vermag die verborgene Glut nicht mehr zu fassen. Aufschub erträgt er kaum mehr und mit leidenschaftlichen Worten wiederholt er Proknes

Auftrag. Scheinbar für jene kämpft er für die Erfüllung eigener Wünsche.

Liebe macht ihn beredt. Und sobald er mit seinen Bitten zu weit geht, gibt er vor, Prokne wolle es so. Ja, er vergießt sogar Tränen, als ob sie auch das verlangt hätte.

Ach, ihr Götter! Welch schwarze Nacht kann doch Menschen umhüllen. Selbst bei seinem verruchten Vorhaben gilt Tereus als Biedermann, seine Schändlichkeit trägt ihm noch Lob ein. Wie wäre es sonst zu erklären, dass Philomela dasselbe wünscht wie er. Dass sie um den Nacken des Vaters liebkosend die Arme schlingt, ihn bei ihrem Heil zu ihrem Unheil beschwört, die Schwester besuchen zu dürfen.

Tereus starrt sie an. Macht sie sich schon durch seine Blicke zu eigen. Sieht, wie sie den Vater küsst, ihm die Arme um den Hals legt und das alles sticht und quält ihn und nährt seine rasende Gier. So oft jene den Vater umarmt, möchte er selbst der Vater sein, er wäre dann ebenso ruchlos.

Erweichen lässt sich der Vater durch die Bitten der Schwestern. Philomela freut sich und dankt ihm. Die Unselige glaubt, es sei ein Glück für sie beide, was Jammer bringt über beide. Schon blieb dem

Sonnengott nur noch wenig zu tun, seine Rosse trabten auf steiler Bahn vom Himmel herab, man richtete ein königliches Mahl und kredenzte die Gabe des Bacchus in goldenen Pokalen. Darauf ergab sich jeder dem sanften Schlummer.

Nur der Thraker-König glüht, obwohl er nun allein ist, nach Philomela. Denkt immer wieder an ihr schönes Gesicht, ihre Arme und malt sich nach Gefallen aus, was er noch nicht sah. So nährt er selbst seine Flammen, die Sehnsucht raubt ihm den Schlaf.

¤ ¤ ¤ ¤ ¤

Es ward Tag. Nach der Rechten des Schwiegersohns greift Pandion und vertraut ihm unter Tränen Philomela an, die ihn begleiten soll.

Da, spricht er, *lieber Sohn! Nachdem mich ein triftiger Grund dazu zwang und sie beide es wollen, auch du ja wolltest es, Tereus, ich gebe sie dir mit. Doch beschwöre ich dich inständig bei deinem gegebenen Wort, bei den Banden des Blutes und bei den Himmlischen – wache mit väterlicher Liebe über sie. Und sende mir diesen süßen Trost meines kummervollen Alters möglichst bald zurück. Die Zeit bis dahin wird mir lang werden. Möglichst bald! Es ist ja genug, dass deine Schwester mir fern ist. Sollst auch du, Philomela, wenn du mich nur ein wenig lieb hast, zu mir zurückkommen.*

So sprach er zum Abschied und küsste zugleich die
Tochter und zärtliche Tränen rannen beim Abschied.
Dann verlangte er zum Pfand der Treue von beiden
die Rechte, legte sie ineinander und bat, seine ferne
Tochter und seinen Enkel doch ja in seinem Namen
zu grüßen.

Das letzte Lebewohl vermochte er kaum
hervorzubringen, denn Schluchzen erstickte ihm
völlig die Stimme. Ihn ängstigten die Ahnungen
seines Herzens.

¤ ¤ ¤ ¤ ¤

Sobald nun Philomela das bunt bemalte Schiff
bestiegen hat, die Ruder dieses auf die hohe See
hinaustreiben und das Gestade zurückweicht, ruft
Tereus, *Nun habe ich gewonnen! Was ich ersehne, fährt
mit mir.*

Er ist außer sich vor Freude, der Barbar! Und bringt
es kaum über sich, die Erfüllung noch zu
verschieben. Keinen Blick mehr wendet er von
Philomela, genau wie wenn der Räuber, Jupiters
Adler, den Griff seiner Krallen lockert und einen
Hasen in sein hohes Nest fallen lässt. Unmöglich ist
dem Gefangenen die Flucht. Es weidet den Blick an
seiner Beute der Räuber.

Schon war die Reise vollbracht, schon waren sie vom erschöpften Schiff ans ersehnte Gestade gestiegen, als der König Pandions Tochter in ein Gehöft schleppt, tief inmitten uralter, düsterer Wälder. Die Bleiche, Zitternde, die schon das Ärgste befürchtet, schon unter Tränen fragt, wo die Schwester denn sei, schließt er dort ein, entdeckt seine ruchlose Absicht und tut ihr dann, einem Mädchen und allein, Gewalt an, sooft sie auch leider vergebens, ihren Vater ruft, oft auch die Schwester, vor allem die mächtigen Götter.

Sie zittert gleich dem verängstigten Lamm, das verwundet dem Rachen des grauen Wolfes entrissen wurde und sich noch nicht in Sicherheit glaubt, gleich der Taube, deren Gefieder vom eigenen Blut benetzt ist, schauert sie und fürchtet noch den festen Griff der gierigen Krallen.

Als sie dann wieder zu sich gefunden hatte, raufte sie ihr wallendes Haar, zerschlug sich gleich einer Trauernden unter lautem Klagen die Arme, erhob die Hände und sprach:

Wehe deiner grässlichen Tat, du Barbar! Wehe dir, du Grausamer. Weder die Bitten des Vaters samt seinen zärtlichen Tränen konnten dich rühren noch die Liebe zu meiner Schwester, noch meine jungfräuliche Unschuld, noch die Rechte der Gattin. Alles hast du durcheinander gebracht. Ich wurde zur Nebenbuhlerin meiner Schwester. Du unser beider Mann! So durfte ich mich nicht an Prokne versündigen. Warum entreißt du Bösewicht mir nicht auch das Leben um kein Verbrechen auszulassen? Hättest du es doch getan, ehe du mich frevelnd entehrtest. Dann fiele auf meinen Schatten kein Vorwurf. Doch wenn dies die Überirdischen sehen, wenn göttlicher Wille noch etwas gilt, wenn nicht alles mit mir zugrunde geht, dann wirst du mir, wann immer es sei, für deine Bosheit büßen! Ich will mein Schamgefühl überwinden und von deinem Verbrechen reden. Wenn es mir vergönnt ist, vor allem Volke!

Bleibe ich jedoch in den Wäldern gefangen, so werde ich die Wälder mit meinen Klagen erfüllen und die Zeugen der Tat, die Steine, erweichen. Hören soll es der Himmel und falls dort noch irgendein Gott ist."

Mandy Grace

„Als solche Worte den Zorn des wilden Tyrannen und gleichermaßen seine Furcht erregt hatten, hatte er doppelten Grund, das Schwert, das er trug, aus der Scheide zu reißen. Er ergreift Philomela am Haar, biegt ihr die Arme nach hinten und zwingt sie, sich fesseln zu lassen.

Philomela will ihm den Nacken bieten, denn beim Anblick des blanken Schwerts schöpft sie Hoffnung, das sei nun ihr Ende, er aber fasste ihre widerstrebende, immer wieder den Namen des Vaters rufende, nach Worten ringende Zunge mit einer Zange und haut sie ab mit dem wilden Schwert.

Noch bewegt sich heftig die Wurzel der Zunge, sie selbst liegt zuckend da und spricht zur schwarzen Erde undeutliche Worte. Und wie der Schwanz einer zerstückelten Natter gewöhnlich noch um sich schlägt, so zappelt sie und strebt sterbend zu der, der sie einmal gehörte.

Selbst nach dieser Tat, ich mag es kaum glauben, soll Tereus noch oft seine Gier am Leib der Verstümmelten gestillt haben. Er bringt es auch über sich, nach solchen Verbrechen zu Prokne zurückzukehren.

Kaum erblickt diese den Gemahl, fragt sie schon nach der Schwester. Aber er verstellt sich und jammert und lügt, sie sei tot und begraben. Seine Tränen verschaffen ihm Glauben. Prokne reißt ihr Gewand mit dem breiten, schimmernden Goldsaum von den Schultern, legt Trauerkleider an, lässt ein leeres Grabmal erbauen, bringt dem Geist der angeblich Toten Sühneopfer dar und beklagt das

Schicksal der Schwester, das sie doch nicht in dieser Weise beklagen müsste.

¤ ¤ ¤ ¤ ¤

Der Sonnengott hatte bereits zweimal sechs Tierkreiszeichen durchmessen, ein Jahr war vorbei. Was soll Philomela tun? Wachen hindern sie an der Flucht. Aus dem festen Stein erbaut, erheben sich kahl die Mauern ihres Gefängnisses. In ihrem stummen Mund ist nichts, was von ihrem Leid künden könnte.

Aber groß ist der Geist im Kummer. Not macht erfinderisch. Klug spannt Philomela die Grundfäden am hohen Webstuhl und webt in ein weißes Tuch purpurrote Schriftzeichen. So verrät sie die Untat. Als ihr Werk vollendet ist, gibt sie es einer Sklavin und bittet mit Gesten, es zur Königin zu bringen.

Jene trägt es zu Prokne und weiß nicht, was sie damit trägt. Schon entfaltet die Gemahlin des wilden Tyrannen das Tuch, liest das Klagelied ihrer Schwester und – ein *Wunder*, dass sie es konnte – schweigt. Der Schmerz verschließt ihr den Mund. Ihr fehlen die rechten Worte für ihre Entrüstung. Sie hat keine Zeit für Tränen, will keinen Unterschied zwischen Recht und Unrecht mehr machen und stürmt davon. Ihr einziger Gedanke ist Rache.

154

Es war gerade die Zeit, zu der Thrakiens Frauen nach alter Sitte das Bacchusfest feiern, wie es alle drei Jahre geschieht. Nur die Nacht weiß von den heiligen Weihen.

Bei Nacht widerhallt das Rhodope-Gebirge vom Schalle klingender Becken. Bei Nacht begibt sich auch die Königin aus ihrem Palast, lässt sich nach den heiligen Bräuchen des Gottes belehren und empfängt all das, was in wilde Verzückung versetzt. Reben bedecken ihr Haupt, an der linken Seite hängt eine Hirschhaut herab, ein leichter Stab ruht auf der Schulter.

Außer sich eilt sie durch die Wälder, von ihrem Gefolge umschwärmt, die schreckliche Prokne. In Raserei versetzt sie ihr Schmerz, doch sie gibt vor, *du, Bacchus*, ließest sie rasen. Endlich gelangt sie zu Philomelas entlegenem Versteck, heult laut auf, schreit *Euhoi!*, sprengt die Pforten auf und raubt ihre Schwester.

Sie kleidet die Schwester wie eine Bacchantin, birgt ihr Gesicht unter Efeuranken, reißt die Verwirrte mit sich fort und bringt sie in ihren Palast.

¤ ¤ ¤ ¤ ¤

Sobald Philomela merkte, dass sie das heillose Haus betreten hatte, erschauerte die Unglückliche und erblasste im ganzen Gesicht. Mit ihr allein nimmt Prokne ihr die Zeichen der heiligen Feier ab, enthüllt das verschämte Gesicht der beklagenswerten Schwester und will sie in ihre Arme schließen.

Jene jedoch wagt nicht, die Blicke zu ihr zu erheben, fühlt sich als Nebenbuhlerin der Schwester und heftet den Blick auf den Boden. Schwören will sie und die Götter zu Zeugen anrufen, dass sie gewaltsam geschändet worden sei, dabei ersetzen Gebärden die Stimme.

Prokne glüht. Sie selbst kann ihren Zorn nicht mehr beherrschen. Verweist ihrer Schwester die Tränen und spricht:

Nicht mit Weinen lässt sich hier etwas ausrichten, sondern mit dem Schwert. Oder wenn du sonst etwas Schrecklicheres weißt als das Schwert – zu jeder Gräuel-Tat, Schwester, bin ich bereit! Entweder stecke ich den königlichen Palast mit Fackeln in Brand und stürze den verschlagenen Tereus mitten in die Flammen. Oder ich beraube ihn der Zunge oder der Augen oder der Glieder, die dich entehrten, mit dem Schwert. Oder mache durch tausend Wunden seinem ruchlosen Leben ein Ende.

Etwas Ungeheuerliches schwebt mir vor, ich schwanke nur noch, was es sein wird.

Noch redete Prokne so, als der kleine Itis seine

Mutter aufsuchen wollte. Sein Anblick erinnerte sie daran, was sie tun könnte. Sie musterte ihn mit grausamen Augen und rief:

Hach – wie ähnlich bist du dem Vater.

Sonst sprach sie kein Wort. Zur finsteren Tat entschlossen und kochend vor innerem Grimm. Doch als ihr Söhnchen auf sie zukam, sie *Mutter* nannte, ihr die kleinen Arme um den Hals legte und sie unter kindlichen Schmeichel-Worten küsste, rührt das ihr Mutterherz, ihr Zorn legt sich und wider ihren Willen füllen sich ihre Augen mit Tränen.

Allein, sobald sie fühlte, dass zu viel Zärtlichkeit sie wanken ließ, wandte sie den Blick vom Sohn wieder auf die Züge der Schwester, sah wechselweise beide an und sprach:

Warum spricht dieser da Schmeichel-Worte und warum schweigt jene, der Zunge beraubt? Die dieser Mutter nennt, warum nennt sie jene nicht Schwester? Bedenke, Pandions Tochter, mit welchem Mann du vermählt bist. Du bist deiner Abkunft nicht würdig, denn Liebe ist ein Verbrechen bei einem Gatten wie Tereus.

Rasch schleppt sie Itis davon, so wie die Tigerin am Ganges das Hirschkalb, das die Mutter noch säugte, durch düstere Wälder schleift. Sobald sie sich in einem entlegenen Teil des hohen Palastes befand, da, mochte ihr auch Itis die Arme entgegenstrecken, in Vorahnung seines Schicksals *Mutter, Mutter* rufen und ihren Nacken umschlingen, stößt ihm Prokne das Schwert in die Seite, unterhalb der Brust und wendet den Blick nicht ab.

Genug wäre diese eine Wunde gewesen um das Kind zu töten. Die Kehle durchschneidet ihm Philomela mit einem Messer. Darauf zerstückeln sie beide die zuckenden, noch halb lebendigen Glieder. Ein Teil kocht bald in weiten, brodelnden Kesseln, ein Teil zischt an Spießen. Es schwimmt der Boden von Mordblut.

Zu diesem Mahl lädt die Gattin den ahnungslosen Tereus. Es sei ein Opferfest nach dem Brauch ihrer Heimat, so lügt sie, bei dem nur der Ehemann zugegen sein dürfe – damit entfernt sie Gefolge und Diener. Tereus selbst sitzt stolz auf dem Thron seiner Väter, isst, und füllt seinen Leib mit eigenem Fleisch und Blut.

Und so, schwarze Nacht umhüllt seinen Sinn, dass er verlangt - *Holt den Itis hierher!*

Jetzt vermag Prokne ihre grausame Schadenfreude nicht mehr zu verbergen. Es drängt sie längst, ihren eigenen Verlust zu verkünden.

Du hast ihn, spricht sie, *schon in dir, nach dem du*

verlangst. Jener sieht sich um und fragt, wo er sei.

Doch auf seine Fragen, auf sein wiederholtes Rufen springt, so wie sie war, das Haar noch bespritzt vom entsetzlichen Schlachten, Philomela hervor und wirft Itis' blutiges Haupt dem Vater ins Gesicht. Zu keiner Zeit hätte sie mehr gewünscht, noch reden und die Freude ihres Herzens durch Worte bezeugen zu können.

Mit schrecklichem Geschrei stößt der Thraker die Tafel zurück und ruft aus dem Tal der Styx die schlangenhaarigen Schwestern herauf. Bald will er, wäre es nur möglich, die Brust weit öffnen und das abscheuliche Mahl, sein verschlungenes Kind, wieder von sich geben, bald weint er und nennt sich das elende Grab seines Sohnes. Endlich verfolgt er mit bloßem Schwert Pandions Töchter.

Da hätte man glauben mögen, die beiden schwebten auf Flügeln dahin. Und in der Tat, sie schwebten auf Flügeln. Die eine von ihnen sucht den Wald, die andere schlüpft unter Dächer. Und von ihrer Brust sind noch jetzt die Spuren des Mordes nicht verschwunden, blutgefärbt ist ihr Gefieder.

Tereus aber, von Schmerz und Rachsucht beflügelt, wird zu einem Vogel, auf dessen Scheitel sich ein Federbusch erhebt. Überlang springt ihm statt eines

Speers der Schnabel vor. Wiedehopf heißt der Vogel. Sein Anblick erinnert an einen gewappneten Krieger."

¤ ¤ ¤ ¤ ¤

S.T. Shepard erinnerte sich noch über hundert Jahre später an das Entsetzen und die Starre, die seinen Körper nach dem Lesen jenes Buchabschnitts befiel. Auch an die enorme Kälte, die er fühlte. Fast so, als ob der Schreck auch ihn das Leben gekostet habe.

Lange hatte er anschließend bloß still da gehockt und sich den Kopf gehalten. Anders ließ sich der wahnwitzige Trommelschlag darin nicht wieder beruhigen. Der nahm erst mit der Zeit ab, in einem eigenen und unbeeinflussbaren Tempo, selbst als Alison Ivy mit schreckgeweiteten Augen plötzlich in der Tür stand. Sie riss ihm das Buch aus den Händen und zerfetzte es vor seinen Augen. Dazu klagte sie sich selbst an, solchen Schund nicht schon längst fortgeworfen zu haben. Irgendwer Unseliges hatte ihr das geschenkt, damit sie auch einmal etwas anderes las als immer bloß wissenschaftliche Artikel.

Er ließ es geschehen und hatte nichts zu erwidern vermocht, gefangen in dem Prozess, den er durchlief. Neben ihrer Aufregung und seinem inneren Aufruhr bemerkte er noch etwas, was er sich zunächst gar

160

nicht erklären konnte. Je mehr das Leben in ihn zurückkehrte, sein Gesicht wieder Farbe annahm und sich seine Züge glätteten, desto leichter wurde ihm insgesamt, sogar weit mehr noch als zuvor. Er fühlte sich zusehends frei, knackte darüber erstaunt sogar mit den Fingerknöcheln, was seine Partnerin verstummen und ihn verblüfft anschauen ließ.

Während sie einander schweigend betrachteten, versuchte er zu ergründen, warum er sich befreit fühlte und wovon. Und da mit einem Mal in seinem Inneren verschwommen das Bild von Leslie Fionas Mutter auftauchte, nahm er bald an, dass es mit ihr zu tun haben könnte. Wie hatte es dieser Ovid mit seinen Worten bloß geschafft, dass von Shepards Schuld kaum noch etwas übrig war, obwohl ihm die Tat überdeutlich vor Augen stand?

¤ ¤ ¤ ¤ ¤

Nach so langer Zeit hätte der General in seinem Strandhaus auf dem Planeten Daddy nicht mehr zu sagen vermocht, wann genau und wie er es sich im einzelnen erklärte, dass sich sein Gefühl der Schuld durch die Lektüre der 'Metamorphosen des Ovid' so stark abmilderte.

Entscheidender war aber vielleicht, wie gut sich das alles damals in seine Flucht-Pläne von der Erde einfügte. S.T. Shepard brannte nun darauf, sich zum wiederholten Mal mit dem Trupp der Weltraumforscher und -ingenieure auszutauschen, von denen er sich nicht einen Namen merken konnte. Die aber bereits seit Jahrzehnten und mehr oder weniger auf sein Geheiß und dank von ihm gelenkter und von märchenhaft reichen Menschen bezahlter Geldströme diesen weit entfernten Planeten für eine Besiedlung hatten vorbereiten sollen. Der bei weitem heikelste Punkt hierbei war und blieb die Länge menschlichen Lebens überschreitende Dauer der Reise zu diesem Ort.

Die Weltraumpioniere, für sich genommen unscheinbare Leute, die in der Regel dazu neigten still vor sich hin zu schuften, hatten seine Nerven anfangs enorm strapaziert - mit ihren von Formeln durchsetzten Endlosdebatten darüber, wie man die Reise abkürzen und die Raumschiffe grundsätzlich schneller fliegen lassen konnte. Am aussichtsreichsten hierfür erschien ihnen *schwarze Antimaterie*, eine Substanz, der man offenbar allerhand zutraute, ohne dass sie sich je irgendwo gezeigt hätte.

Nicht lange und der General mochte davon nichts mehr hören. Ihm war der Kragen geplatzt und er brüllte herum, ob auch nur einem seiner Leute klar sei, wie viel sie diese Schwarzseherei in der Minute kosten würde und im übrigen suche er keinen Gral, sondern Lösungen. Wer diese nicht bald liefere, den werde er umstandslos feuern und sich unverzüglich ein fähigeres Team zulegen.

Dies schreckte so sehr ab wie es alle anspornte. Auf jeden Fall wurde seine Ansage verstanden. Von Antimaterie war nie mehr die Rede, statt dessen kam die zunächst bieder wirkende Anziehung der Himmelskörper auf den Tisch. Bekanntermaßen spielte dabei deren schiere Masse eine Rolle, daneben aber auch etwas, was bald als *Paramagnetismus* die Runde machte. Die Zusammensetzung geladener Teilchen im Zentrum eines Gestirns, welche in Flüssigkeiten, Gas oder zur Not auch weichem Gestein schwammen, ließen sich als unverwechselbarer *paramagnetischer Fingerabdruck* des Himmelskörpers mit einer Methode namens Spektroskopie praktischerweise bereits aus größten Entfernungen feststellen.

Maßgeblich daran jedoch war die Entdeckung, dass eine getreue Nachbildung des von dem ausgesuchten Gestirn ermittelten *paramagnetischen Fingerabdrucks* von diesem ungleich heftiger angezogen wurde als alles übrige auf der Welt. Sobald sich die Kopie durch den Raum bewegte, erfuhr sie eine nie gekannte Beschleunigung in Richtung ihres Vorbildes, ganz gleich wie mikroskopisch klein sie im Vergleich zum Original abschnitt oder wie weit entfernt sie sich eingangs von jenem befunden haben mochte.

Der Rest, also diese höchst spezielle und individuelle Mixtur von Teilchen im gasgefüllten Mantel einer Sonde oder eines Raumschiffs unterzubringen und wie es hieß dort paramagnetisch auszurichten, erwies sich anschließend beinahe als Kinderspiel.

Für den Aufbau eines einigermaßen manierlichen paramagnetischen Feldes (welches ein Raumschiff günstigerweise auch zuverlässig vor tödlicher, kosmischer Strahlung schützen würde), brauchte es beim Start allerdings noch dazu notwendige Zentrifugalkräfte. Für diese schlugen die Ingenieure einen nuklearen Raketenantrieb vor (dessen Fallout zudem ihrem Anliegen, ihnen künftig Klone zu schicken, später einmal Nachdruck verleihen sollte!) und fertig war ihr vergleichsweise zwergenhaftes Negativ des anzuvisierenden Gestirns.

Verdutzt stellte man an Hand winziger Simulationen fest, wie verlässlich dieser geheimnisvolle Mechanismus funktionierte. Der große Partner zog den so viel kleineren dabei über alle Maßen und Entfernungen hinweg mit einer solchen Wucht an, wie sie sonst auf Erden vielleicht noch ein simpler Magnetstab gegenüber Eisenspänen zeigte. Schlagartig wirkte geradezu gestrig, welche Geschwindigkeiten bis dahin als machbar gegolten und welche Antriebe zuvor zur Diskussion gestanden hatten, um auch nur ansatzweise ähnliches zu erreichen.

Diese Fortschritte drehten die Stimmung in der Mannschaft ins Euphorische, vor allen Dingen, weil sich eine solche paramagnetische Ausrichtung mit Hilfe von Algorithmen relativ leicht steuern und auf Kommando auch wieder abschalten ließ. Salopp ausgedrückt erlaubte dies den Raumfahrern, ihr paramagnetisches Feld kurz vor einer möglichen Kollision mit dem anvisierten Himmelskörper wieder auszuschalten und sich auf und davon zu machen. Wie durch Zauberhand entgingen sie so jedem scheinbar schicksalhaften Zusammenstoß und zischten dann einfach mit viel Schwung an dem Planeten oder Stern vorbei, um sich anschließend in voller Fahrt auf den Fingerabdruck des nächsten Riesen auszurichten.

Fortan herrschte im Team ein völlig anderer Geist. Die Männer schlugen einander unter anerkennendem Gebrummel und Zoten reißend auf den Rücken („endlich ein Koitus interruptus, der sich auszahlt"), was die wenigen, anwesenden Damen dünn belächelten. Fast hätten sich diese gewünscht, eine riesige Himmelsschwester würde sich die kleinen Betrüger merken und ihrerseits für Überraschung sorgen, indem sie den Paramagnetismus im letzten Moment auf ebenso zauberhafte Weise wieder eingeschaltet hätte. Aber natürlich saßen die weiblichen Teammitglieder ja mit im Boot. Und stellten deshalb ihre Ohren wie gewohnt auf Durchzug und ließen den Kerlen ihren Spaß.

S.T. Shepard interessierte ausschließlich, dass sich die Reisezeit so von über hundert auf ganze sieben Jahre verkürzen ließ. Mehr brauchte er nicht zu wissen, denn so nahm sein Traum, die Menschen sich an einem anderen Ort frei und ungehindert entfalten zu lassen, indem sich ihr geklontes Dasein auf ewig wiederholen durfte, Gestalt an und gewann buchstäblich an Boden.

Was ihn dabei eher gestört hatte, waren Alison Ivys Skrupel, die ihm unter Tränen davon erzählte, wie der Chirurg Jonathan Armstrong Wardley bereits geklonten Babys die Hirne von Kunden zu implantieren versuchte. Was zunächst einwandfrei glückte, jedoch *monströse* Zustände beim Heranwachsen erzeugte, da die alten Gehirne in den sensiblen Wachstumsphasen die falschen Signale sendeten. Die Ärmsten verunstaltete dies bereits nach kurzer Zeit und schickte sie unter erheblichen Qualen in den Tod.

Alles, was der General dabei heraus hörte, war die in einem Nebensatz geäußerte Hoffnung, dass sich die Gefahr bannen ließ, wenn man junge Erwachsene für die Hirntransplantationen hernahm. Na bitte, im Prinzip klappte es doch.

Ohnehin hielt sich sein Mitgefühl für die Klon-Pioniere in Grenzen. Er hatte für ein Vorpreschen in dieser Hinsicht genauso wenig Verständnis wie etwa dafür, dass sich stets aufs neue Kameraden unter seinen Soldaten fanden, darunter nicht mal wenige Frauen, die bereit waren, sich - die Brust voller Pathos - direkt ins Sperrfeuer zu stürzen. Oder für die aberwitzig vielen Freiwilligen, die sich leuchtenden Auges für eine Weltraum-Mission mit absehbar schlechtem Ausgang meldeten.

Unüberlegtes Handeln war ihm, der sich vollkommen zu recht für einen großen Strategen hielt, ein Graus und der frühe Tod solcher Leute nichts weiter als die logische Folge ihres Verhaltens. Innerlich ging er sogar noch weiter und nannte derartige Neigungen den einzigen, vorstellbaren

Daseinszweck der Betreffenden. Seiner Geliebten, Alison Ivy, sagte er davon natürlich nichts.

Schon träumte er davon, die menschlichen Klone in einem abgetrennten Bereich ihrer neuen Heimat großzuziehen, selbstverständlich unter herausragend guten Bedingungen. Eines Tages würden sie dann eben in einen tiefen Schlummer versetzt (was dauerschläfrigen Jugendlichen doch ohnehin zusagen musste) und sie wären halt anschließend mit etwas mehr Lebenserfahrung und Hirnschmalz wieder aufgewacht.

Das klang doch hervorragend und was ließ sich dagegen bitte ernsthaft einwenden? S.T. Shepard erlaubte sich zuweilen den Gedanken, wie die Bewussteren unter den jungen Klonen dem Vorgang sogar entgegenfiebern und es für durchaus begrüßenswert halten könnten, auf diese Weise mit ihrem unsterblichen Über-Ich zu verschmelzen.

Allein dies hatte sich bekanntlich in der Praxis nicht austesten lassen, da ja das Klon-Forscherpaar mitsamt der Zuchtstation auf der Erde verblieb.

¤ ¤ ¤ ¤ ¤

In seinem Strandhaus-Büro auf dem Planeten Daddy entsann sich der General schließlich noch seines übermächtigen Ärgers, als sich bald nach der

Übersiedlung von der Erde gezeigt hatte, dass die anstelle der Klon-Forscher mitgenommenen Experten nie auch nur ein überzeugendes Ergebnis zustande brachten, obgleich es sich zum großen Teil um abgeworbene Mitarbeiter desselben Klon-Instituts auf der Erde handelte.

So hatte Gerald Donovan Pabst (Alison Ivys späterer Gatte) das Duell der sich jeweils für begnadet haltenden männlichen Strategen letztlich für sich entschieden, indem es ihm gelungen war, die Künste seiner Frau weitgehend geheim zu halten. S.T. Shepard hatte das immer geahnt, aber nicht verhindern können. Darüber schnaubte er immer noch.

Nach dem Motto *Bist du nicht willig, brauch' ich Gewalt* hatte sich der Militär entschlossen, die auf der Erde verbliebenen Menschen fortan zu nötigen, damit sie junge Klone auf die siebenjährige Reise schickten. Täten sie es nicht, würde er seine versteckten Atombomben zünden. Nacheinander oder alle auf einmal. Sie hatten geliefert. *Bis jetzt.*

Von Alison Ivy war ihm lediglich die Achtung vor ihrem Talent und ihrem außerordentlichem Fleiß geblieben, dazu das Bedauern, nur über Umwege davon profitieren zu können. Das persönliche Schicksal des Klon-Forscherpaares hingegen hatte er nicht weiter verfolgt. Ohnehin war die Geliebte für ihn so gut wie gestorben, nachdem sie verkündet hatte, nicht mit ihm ins Raumschiff zu steigen. Er hatte nie wieder über sie nachgedacht und sie auch nicht vermisst.

¤ ¤ ¤ ¤ ¤

In der Krankenstation, Mondphase, Bereich F, schob ein Pfleger geschickt das mannshohe Regal direkt vor die Linse der Überwachungskamera, ein anderer hackte sich in deren Tonspur, um jeden Laut darauf zu löschen. Dann drehten sich die beiden um und schlenderten gerade so schnell auf einen verwirrt dreinblickenden, vor sich hin murmelnden Patienten zu, dass sie ihn locker einholten. Rechts und links wurde er von ihnen untergehakt und sanft, aber nachdrücklich aus der Halle geleitet.

Keiner schenkte dem Treiben in der Mitte des Raumes Beachtung, wo Mandy Grace einen sehr großen Pfleger in den Schwitzkasten genommen hatte, ihn fortwährend im Kreis um sich herum schleifte und ihm mit ihrer kleinen Faust und unter ersticktem Stöhnen ein ums andere Mal mitten ins Gesicht schlug. Ein verschmierter Kreis Blut sammelte sich unter den beiden und nahm Züge eines abstrakten Gemäldes an. Der Pfleger wimmerte und versuchte ab und an schwach zu protestieren, doch sie machte erbarmungslos Runde um Runde weiter.

Gerade als die beiden Pfleger zurückkehrten, ließ Mandy Grace auf einmal doch von ihrem Opfer ab. Der Mann plumpste wie ein nasser Sack zu Boden, da hatte sie sich schon durch die unter fröhlichem Singsang aufschwingende Tür an den Pflegern vorbei hinaus gezwängt.

Die zwei schauten ihr bloß kurz nach und wandten sich dann ihrem ramponierten Kollegen zu. Einer machte sich stumm daran, den Boden sauber zu wischen, der zweite zog ihn auf die Füße und reichte ihm einen feuchten Lappen, um sich das Gesicht zu reinigen.

„Meine Ssähne...", jammerte der Verprügelte leise vor sich hin. „Sie hat mir meine Ssähne...". „Ja, das macht man aber auch nicht!", unterbrach ihn der Pfleger ungehalten, der ihm aufgeholfen hatte. „Ganz egal, wie du zu diesem Erdling gestanden hast, Junge. Man erzählt seinem Mädchen nicht, dass er zurück zur Erde ist und sie ihn sich aus dem Kopf schlagen soll. Weil er sowieso ein Arschloch ist, weil er gern schlafende Klone fickt. Erstens, - wer von denen hat das bitte nicht gemacht und dann erzählt man das nicht 'rum. Erst recht nicht seinem zurückgelassenen Mädchen! Und nun geh' noch hin und beklag' dich groß für die Sonderbehandlung."

¤ ¤ ¤ ¤ ¤

Völlig verschwitzt, mit zerrissener Kleidung und all dem Blut an ihren Händen wurde Mandy Grace in dem vertikalen Hochgeschwindigkeits-Aufzug von den Fahrgästen noch mehr angestarrt als sonst, was sie aber dieses Mal kaum zu bemerken schien. Ohne zu wissen warum, überlegte sie plötzlich fieberhaft, welche Technologie es noch einmal war, die den Zug so schnell werden ließ. Hätte ihr das nicht aus der Schule bekannt sein müssen?

Möglich, aber sie kam grad einfach nicht mehr darauf. Alles, woran sie sich erinnern konnte, war die irgendwann und irgendwo geäußerte Hoffnung, Raumschiffe auf ähnliche Weise beschleunigen zu können, um die siebenjährige Reisedauer zur Erde endlich abzukürzen.

Wenn die Idee bereits erfolgreich im Einsatz war, durfte Zorro ja hoffen, nicht noch einmal so lange für seine Heimreise zu brauchen. Mit über vierzig Jahren und damit in Mandy Grace's Augen als steinalter Mann würde er ja sonst auf der Erde ankommen. Das Leben wäre quasi gelaufen ... - war ihm das die ganze Sache tatsächlich wert?

172

Und auf schlafende Klone, mit denen er sich ungeachtet seiner Furcht vor Frauen vergnügen konnte, würde er auf dem Rückweg zur Erde höchstwahrscheinlich ohnehin verzichten müssen. Aber vielleicht gab es auf der Erde jemanden, der ihn dort völlig zeit- und raumverloren erwartete und dem es egal war, wie alt oder jung sie beide waren, wenn sie einander wiedersahen. Hatte ihn vielleicht das so sehnsüchtig fortgetrieben?

Würde er eigentlich wirklich altern oder hielten einen die Reisen durchs All jünger als es die gesamte Klonerei vermochte? (Wie hieß dieser physikalische Effekt denn bloß wieder? Ihr rudimentäres Schulwissen wollte abermals nichts herausrücken … .). Immerhin hatte der Mann (konnte man Zorro überhaupt so nennen?) auf sie gewirkt wie ein Jugendlicher Anfang zwanzig.

Und was sollte Mandy Grace nun tun? Ihm eine kurze Reise und alles Gute wünschen und ihn dann vergessen oder ihn einfach nur verfluchen?

Sie konnte nur hoffen, dass ihr jung geklonter Psychiater auf solche Fragen ein paar schlaue Antworten parat hatte, da er ja - wie sie mitbekommen hatte - , Verliebtheit für eine Art Allheilmittel zu halten schien. Möglicherweise konnte er ihr ja erklären, wie der Erdling Zorro empfunden haben mochte und was ihn zu seinem Schritt bewogen hatte, sie und alles hier einfach hinter sich zu lassen.

Und vielleicht konnte ihr Arzt endlich mal seinen Job tun und ihr klar machen, wie sie selbst mit all dem fertig werden sollte. Und neben ihren ganzen widersprüchlichen Gefühlen auch noch damit, dass Zorro mit einer nicht mehr wegzuleugnenden Wahrscheinlichkeit genau den Klon, in dem ihre Mutter derzeit steckte, während des Transports von der Erde zum Planeten Daddy geschändet hatte und das wer weiß wie oft.

Was der Herr Doktor wohl zu dieser Form von Verliebtheit zu sagen hätte? Und wenn es das letzte wäre, was sie interessieren würde – doch, das interessierte sie!

Fliehen will ich bloß aus allen Welten!

Die Tür zur psychiatrischen Praxis schwang nicht automatisch auf. Sie war blockiert und Mandy Grace rannte um ein Haar dagegen. Sie versuchte, durch die milchige Scheibe zu erkennen, ob sie drinnen jemanden sah, den sie hätte auf sich aufmerksam machen können. Es kam ihr vor, als bewegte sich innen recht viel – ein Haufen Leute lief anscheinend schwer beschäftigt hin und her.

Ganz gleich, wie viel da drin los war – sie war nicht weniger als ein Notfall und wollte jetzt ihren Arzt sprechen. Mandy Grace begann, gegen die Scheibe zu wummern, besann sich dann und suchte wie bei ihrem Besuch im Planetarium nach einem Klingelschild. Als sie es fand, klingelte sie Sturm.

Eine ärgerliche Stimme aus dem Inneren der Praxis antwortete prompt und schnelle Schritte näherten sich der Tür. Unversehens wurde die Blockade plötzlich aufgehoben und mit einem satten Seufzen schwang die Tür zu beiden Seiten auf. Wie es ihre Art war, schoss Mandy Grace hinein und an einer Mitarbeiterin vorbei, die sie jedoch äußerst geistesgegenwärtig und mit schmerzhaft festem Griff am Handgelenk packte.

„Halt! Was fällt Ihnen ein? Sie können hier jetzt nicht hinein! Haben Sie überhaupt einen Termin, junge Dame?". Die Mitarbeiterin des Psychiaters starrte sie böse an und hielt sie eisern fest.

„Brauch' ich nicht – ich bin ein Notfall! Da kann ich jederzeit kommen, hat er gesagt. Wo ist er denn ... ?". Mandy Grace hielt inne und spähte durch die offen stehende Sprechzimmertür. Sie sah beide Beine ihres

Psychiaters am Boden liegend unter dem wuchtigen Schreibtisch hervorragen und dass er es tatsächlich sein musste, erkannte sie an den altmodischen, teuren Designerschuhen an seinen Füßen.

Die ganze Szenerie erschien ihr äußerst unwirklich und fast wie aus einem alten Film von der Erde. „Das ist er doch ...", stammelte Mandy Grace überwältigt. „Das ist doch ... . Ist er ... ist er ... etwa tot?"

Ihr Kopf schnellte herum und sie starrte die Frau, die immer noch ihr Handgelenk umklammerte, an. „Ist er tot?" - sie schrie ihr die Frage mitten ins Gesicht.

Die Frau schlug die Augen nieder und drehte den Kopf leicht weg, was einer Antwort gleichkam. Mandy Grace begann hysterisch zu schluchzen und schaute nun abwechselnd die Schuhe am Boden und die Mitarbeiterin an. „Warum denn, wie kann er denn ..." jammerte sie, bis sie drinnen von einigen Leuten in Ganzkörperschutzanzügen unterbrochen wurde. Sie bekamen Satzfetzen mit, - „Klarer Fall von ... ." - „ ... werden dennoch obduzieren müssen." - „Ja, ein Schreiben gibt es, liegt hier. Blutspuren, aber lesbar." - „Moment mal, da ist eben jemand gekommen, wahrscheinlich eine Patientin ... ."

Mandy Grace riss sich los, schoss rückwärts wieder durch die offen gebliebene Praxistür nach draußen und lief davon. Mehr musste sie nicht hören.

Sie hatte hier gerade alles erfahren, was es zu kapieren gab. Ihr Psychiater würde ihr keine Fragen mehr beantworten. Jetzt nicht und auch nicht zu einem anderen Zeitpunkt.

Weil er ganz offensichtlich nicht mehr am Leben war. Der Herr Doktor hatte seine vielen, ach so geheiligten Leben hinter sich gelassen und sich umgebracht.

¤ ¤ ¤ ¤ ¤

„Wir hätten sie auf keinen Fall wieder gehen lassen dürfen", sagte die Mitarbeiterin des toten Psychiaters gedankenverloren und starrte immer noch auf die offene Tür, durch die Mandy Grace abgehauen war.

Totenblass im Gesicht schaute die Frau einen Mann im Ganzkörperschutzanzug an, der nun zu ihr trat, die Schutzmaske abnahm und sich die Handschuhe auszog. „Ach, dann kennen Sie die junge Frau?", fragte er. „Eine Patientin vom Doktor?" - „Sicher", antwortete sie. „Und das ist jetzt ganz blöd gelaufen. Sie hat bereits mehrmals versucht, sich das Leben zu nehmen.". Die Mitarbeiterin atmete mühsam und

177

hielt sich am Türrahmen fest. Mit der anderen Hand stützte sie sich schwer in der Hüfte ab.

Der Mann hatte nach einem Glas Wasser gegriffen, wollte zum Trinken ansetzen, besann sich eines Besseren und reichte das Glas der Frau. „Hier, trinken Sie erst mal etwas. Sie stehen doch unter Schock. Das ist doch ganz normal, nach allem, was passiert ist. Vielleicht sehen Sie das mit dem Mädel in dem Zusammenhang auch ein bisschen zu dramatisch", sagte er.

Beide fuhren zusammen, als sich etwas Hundsgroßes, geformt wie eine Wurst und ausgestattet mit einem entsetzlich schleimigen Rüssel, schnorchelnd an ihnen vorbei durch die Tür drängelte und ebenfalls nach draußen verschwand. „Ach, du liebe Güte, ich dachte, die Viecher gäbe es schon längst nicht mehr", rief die Mitarbeiterin und verzog angewidert das Gesicht.

„Schön wär's, aber dazu laufen sie mir entschieden zu oft über den Weg", entgegnete der Mann lakonisch. „Das ist der Tote, wissen Sie. Bei Leichen sind die Biester immer sofort da. Sogar bei Licht und wenn Leute zugegen sind. Wir brauchen da mal ein Spray oder was!"

Es trat wieder Stille ein und er betrachtete die Frau nachdenklich. „Sagen Sie mal, Sie kannten Ihren Chef doch gut – können Sie sich nicht denken, was ihn zu diesem Schritt bewogen hat?", fragte er nach einer Weile, doch sie schüttelte daraufhin bloß heftig den Kopf. „Nein, woher denn? Es hat nicht die geringsten Anzeichen gegeben. Er war ein wunderbarer Mensch. Etwas selbstverliebt vielleicht, aber welcher Mann ist das nicht?". Die Mitarbeiterin ignorierte seinen entgeisterten Blick. „Hören Sie, ich mache mir wirklich Sorgen um die junge Frau. Könnten Sie sie nicht bitte schleunigst finden?"

Nun war es an ihm, traurig den Kopf zu schütteln. „Es tut mir Leid, aber dazu fehlt es uns wirklich an Personal. Erst recht jetzt, wo die Erdlinge alle weg sind", sagte er. „Wir haben kaum genug Leute, um den Fall hier aufzunehmen. Da können wir ganz sicher nicht noch entlaufene Patienten einsammeln gehen!". Sie trank einen Schluck Wasser und nickte ergeben.

¤ ¤ ¤ ¤ ¤

S.T. Shepard und Leslie Fiona gaben sich alle erdenkliche Mühe, aber Ruby Mayella ließ sich anscheinend im Moment einfach nicht aufheitern. Sie saß vor dem Strandhaus unter dem Sonnenschirm in

179

sich zusammengesunken auf ihrem Barhocker und starrte unbehaglich und voller böser Vorahnungen ins Leere.

Den General quälte das auch deshalb, weil er gehofft hatte, sie würde ihn, liebevoll und zugänglich wie stets, von seinen eigenen Sorgen etwas ablenken. Notgedrungen wandte er sich an seine eigentliche Gefährtin, die in der Küche mit Gläsern hantierte. Die schrie allerdings unvermittelt auf, als er sich ihr von hinten näherte. „Das fehlt mir grad' noch, dass du mich zu Tode erschreckst, Shaun Trevor! Könntest du das bitte künftig sein lassen? Da - dein Drink ist fertig."

Sie reichte ihm ein nachtblaues, vor sich hin blubberndes Gesöff, welches eine Qualm-Spur nach sich zog. Er griff das Glas mit spitzen Fingern und stellte es auf den Tisch, *Nein danke!* mehr zu sich selbst vor sich hin murmelnd. Wütend nahm sie den Drink wieder an sich und schüttete ihn in den Ausguss. „Du hast ja recht! Trink' das bloß nicht. Es ist überhaupt nichts geworden!" Sie wandte sich ab und begann leise zu schluchzen.

Hoffnung schöpfend wollte er sich ihr abermals zuwenden, als sie jählings herumfuhr. „Also bitte, Shaun Trevor! Ich dachte, das hätten wir mittlerweile hinter uns. Wie lange flehe ich dich an, 'Lass' dich endlich klonen!' - wie lange schon, mein Geliebter? Fünfzehn, zwanzig Jahre oder sind es an die dreißig? Mir wird schlecht, wenn ich diesen ... - außerdem hatte ich heute schon zweimal Sex!"

„Was?". Er bekam große Augen. „Mit wem denn?" - „Ja, dreimal darfst du raten!". Sie grinste triumphierend, während sich sein Gesicht allmählich verfärbte. Erst vorhin hatte sein Adjutant das Haus verlassen, seines Wissens nach heute der einzige Besucher und er hatte geglaubt, zu seiner Entspannung noch kurz schwimmen gehen und James Spencer Torres derweil bei einem dieser Drinks eben kurz solange warten lassen zu können.

„Du bist dir im Klaren darüber, - dass sich der arme Bengel einfach nur nicht getraut hat, deine Avancen abzulehnen?", fragte Shepard seine Gefährtin schmaläugig. „Na, klar weiß ich das". Leslie Fiona tänzelte auf ihren Ice-Crusher zu und drehte sich kokett noch einmal zu ihm um. „Und weißt du was? Genau das war es ja, was so großen Spaß gemacht hat!". Sie schmiss Eis in das Gerät und ließ es los-jaulen.

Ihm fehlten die Worte. *Finger weg von meiner Truppe!* wollte er schreien, doch sah er davon ab, denn das Gerät hätte ihn locker übertönt. Ahnte die Person vor ihm eigentlich, wie oft er in den letzten hundert

Jahren kurz davor gewesen war, ihr den Hals umzudrehen, genau wie ihrer Mutter? Natürlich nicht, - sie wusste ja bis jetzt nichts davon. Und doch war ihm, als ob sie ihn schon seit vielen Jahrzehnten mit voller Absicht auf die Nerven ging. Indem sie sich die ganze Zeit kaum anders verhielt als die Ermordete. Fast so, als sei sie deren Klon und nicht deren Kind, - und nun für immer in der Lage, ihm seinen Tat und deren Anlass wieder und wieder, wie in einer Endlosschleife ins Gedächtnis zu rufen.

Darüber hinaus strafte ihn Leslie Fiona für sämtliche seiner Thesen Lügen. Es hatte ihn doch so sehr durch dieses endlose Leben getragen und er hatte dabei so inniglich gehofft, dass der (doch in aller Regel wohlmeinende) Mensch sich mit jeder seiner, durch das Klonen geschenkten, neuerlichen Jugendzeit, langsam aber sicher wandeln würde - und das stetig zum Besseren hin. Dass die Leute auf Dauer Bosheit, Gier und Egoismus hinter sich lassen mochten und sich auf Wesentliches besannen, sobald ihnen nur genug Zeit und sie selbst in ihrer Würde ungebrochen blieben. Dass sich somit jugendliche Wildheit und später erlangte Weisheit mit der Zeit quasi kurzschließen würden.

Und das vollkommen frei von den Fesseln erdrückender Lebensumstände. War es denn nicht genau das, was Ovid versucht hatte zu vermitteln in seinen grausamen Geschichten? (zumindest hatte S.T. Shepard ihn so verstanden). Dass die Menschen an sich nicht böse waren, aber zu sehr verstrickt in ihre häuslichen Beziehungen.

Oder stimmte es etwa nicht, dass der Thraker-König und seine so heftig begehrte Philomela unter glücklicheren Umständen einfach leidenschaftlich ineinander verliebt gewesen wären? Sie hätte seine raue, männliche Art bestimmt zu schätzen gelernt, er sie hingegen doch gewiss zärtlicher und umsichtiger umworben.

Und ihrem unbeschwerten Liebesglück standen doch der Schwiegervater und die schwesterlichen Bande unüberwindlich im Wege, was alle gemeinsamen Pläne durchkreuzt und die Menschen zu Untaten *getrieben hatte*, die sie, einander in freier Liebe zugetan, nie und nimmer begangen hätten.

Solche äußeren *Zwänge* waren es doch, so meinte der General im Nachhinein (und welche Erleichterung brachte ihm das!) - , die auch ihn einst veranlasst hatten, die Geliebte vor den Augen der Kameraden umzubringen und nicht, dass er von Grund auf schlecht sei oder eifersüchtig und seiner Freundin und ihren Liebhabern in Sachen Sex im Grunde nicht alles gegönnt habe. Was auch immer die Getötete

und seine Truppe miteinander hatten ausleben
wollen, was mit ihm nicht möglich war.

Wie Leslie Fiona sich verhielt, trug allerdings wenig
dazu bei, solche Überzeugungen zu stützen, - das
war offensichtlich. Tief enttäuscht, doch abermals
ohne ihr ein Haar zu krümmen, wandte sich S.T.
Shepard ab und Ruby Mayella unter ihrem
Sonnenschirm wieder zu. „Mein Liebling, lass' uns
doch etwas Schönes unternehmen und dabei erzählst
du mir, was dich bedrückt", schlug er leise vor.

Sie schaute ihn mit gerunzelter Stirn und wie aus
tiefem Schlaf erwacht an und sagte „Liebster, ich
mache mir solche Gedanken um meine Tochter. Ich
kann sie seit Tagen nicht erreichen. Wo steckt bloß
Mandy Grace? Und was um alles in der Welt geht
bloß im Kopf meines Kindes vor?"

¤ ¤ ¤ ¤ ¤

Zitternd und noch verschwitzter als zuvor hockte ich
während der Fahrt zurück in die Klinik abgesondert
von den anderen Fahrgästen im Zug, als jemand auf
sehr hohen Absätzen den ganzen Waggon entlang
auf mich zu gestöckelt kam.

Es war eines jener perfekt zurechtgemachten Wesen,
die mich stark an meine Mutter erinnerten. Und es
starrte mich aus einem von derart kühn

184

geschwungenen Wimpern in Neonfarben umrandeten Augenpaar heraus an, dass ich mir sicher war, den allerneuesten Schrei in Sachen Gestaltwandlung vor mir zu haben. „Brauchen Sie vielleicht Hilfe?", hauchte das Wesen und blieb direkt vor mir stehen.

Es hatte mir nichts getan, es meinte es nur gut, aber ich konnte nicht anders als in abgehacktem Ton zurückzugeben: „Oh, nein danke, mir geht es gut, wirklich! Ich brauche nichts."

„Aber was ist denn mit Ihnen, wenn ich fragen darf?", legte das Wesen nach, beugte sich zu mir hinunter und ließ die Wimpern klappern, woraufhin ich hochschnellte und ihm unmittelbar ins Gesicht zischte: „Wissen Sie - was Sie da anhaben, steht Ihnen so was von ü-ber-haupt nicht, hat Ihnen das schon mal jemand gesagt? Warum lassen Sie das nicht eine Firma machen und selbst die Finger davon? So teuer ist das doch gar nicht!"

Das Wesen fuhr zurück, wechselte heftig die Gesichtsfarbe, rief 'Unverschämtheit!' und 'Da will man helfen ... ' und plumpste schließlich von seinen hohen Absätzen aus in eine Sitzbank vor mir, um darin augenblicklich sein Modul zu bearbeiten, bis es etwas außerordentlich Giftgrünes trug. Unter anderen Umständen hätte ich mich darüber totgelacht, aber so schaute ich einfach weg und vergaß die Sache sofort wieder.

Während mein Herz weiter wie wild hämmerte, musste ich kurz an meine Mutter denken. Würde sie mein Ableben wohl in sehr große Verzweiflung stürzen? Das konnte ich mir beim besten Willen nicht vorstellen. Meine Mutter war eine Erdgeborene, auch wenn das zugegebenermaßen alles schon endlos lange her war. Und auf der Erde Geborene waren doch scheinbar ein gänzlich anderes Kaliber als ich.

Es ließ sich kaum leugnen, dass diese Menschen noch richtiggehend am Leben hingen - und das erfahrungsgemäß mehr als an allem anderen auf der Welt, auf jeder Welt.

Das galt erst recht jetzt, wo meine Mutter zwar niemals etwas von ihrer neuesten Eroberung erzählt hatte, aber so unübersehbar glücklich wirkte, dass es eh' allen Klatsch, der herum ging, toppte.

Nein, meine Mutter wird bestimmt nicht an meinem Tod verzweifeln. Auch wenn es außerordentlich traurig war, dass wir uns im Moment wieder ein bisschen besser verstanden und einander sogar ein bisschen angenähert hatten. Das würde sie mir wohl besonders übel nehmen und das verstand ich gut, auch wenn ich ihr das, was nun kommen würde, nicht ersparen konnte.

¤ ¤ ¤ ¤ ¤

Mandy Grace fühlte einen winzigen Gegenstand hart in der Tasche ihres Bademantels. Es war der kleine Schlüssel, den ein Bahnarbeiter verloren und den sie gefunden hatte, als sie und Zorro auf dem Weg zum Planetarium vorbei kamen. War das wirklich erst ein paar Tage her? Auf sie wirkte es, als wären es Jahre.

Was war das eigentlich für ein Schlüssel? Sie drehte das Ding in den Fingern und schaute es sich gründlicher an. Passte es speziell zu dem Schacht, an dem sich der Arbeiter zu schaffen gemacht hatte? Oder handelte es sich um einen Generalschlüssel für alle Schächte dieser Bauart, von denen sie überdies schon ein paar gesehen zu haben glaubte. Mandy Grace neigte letzterem zu, denn sie kannte sich doch aus mit den Zuständen hier. Rechnete sich etwas, wurde für jeden Pups gleich ein Modul angeboten, mit dem sich alles darüber regeln ließ. Wo das nicht der Fall war, tat es auch das allernötigste. Dies war ein kleiner, kantiger Schlüssel, der in jede Schachttür passte, darauf hätte sie gewettet.

Zorro fiel ihr ein, - obwohl er es voraussichtlich nie erfahren würde, wenn sie nicht mehr lebte. Was sollte sie davon halten, dass er schlafende Klone geschändet hatte, das hörte sich zugegebenermaßen ziemlich heftig an.

War er dabei grob vorgegangen? Nein, das konnte sie sich kaum vorstellen, obwohl er zu Beginn seiner Klon-Begleitung ein Knabe von dreizehn Jahren gewesen sein musste, wie sie sich ausgerechnet hatte. Wollte man als so junger Mensch sexuell vor allem ausprobieren, wie weit man gehen konnte? Oder entlastete ihn die Tatsache, dass er so jung gewesen war, sogar ein wenig. War er ein halbes Kind, dem die anderen (vermutlich auch nicht viel älteren Begleiter des Klon-Transports) ein schlechtes Vorbild geboten hatten?

 Oder waren Klone am Anfang der Reise noch wach und hatte er sich möglicherweise einfach verliebt, vielleicht sogar in den Klon für ihre Mutter? Hinzu kam ja bei alldem auch die ungeheure Langeweile, die über die Jahre in dem Raumschiff geherrscht haben musste und es hatte sich ja durchweg um junge, gesunde und lebensfrohe Menschen gehandelt … .

Wie dem auch sei, ich würde gerne mir dir schlafen, Zorro, auch schlafend oder tot oder in welcher Form auch immer, dachte Mandy Grace sehnsüchtig. *Es wäre mir sogar lieber, wenn du dann mit mir schläfst, denn mit*

Reden haben wir zwei es ja sowieso nicht so gehabt, wenn wir mal ehrlich sind.

Sie drehte den Schlüssel weiter in ihren Händen und schaffte es sogar ein kleines bisschen vor sich hin zu lächeln.

¤ ¤ ¤ ¤ ¤

Nach dem Aussteigen lief ich eine Weile unschlüssig um den Bereich der Aufzugtür herum, bis ich so etwas wie ein Bank gefunden hatte. Sie bestand bloß aus einem Brett, das auf zwei kleine Felsbrocken gelegt und so platziert worden war, dass es möglichst wenig wackelte.

Sitzgelegenheiten außerhalb von Räumen gab es kaum. Warum eigentlich nicht, fragte ich mich plötzlich. Wahrscheinlich galt als stinkend faul, wer bloß so in der Gegend herumhockte und das wollte anscheinend niemand mitansehen und durch das Aufstellen von Bänken noch unterstützen.

Ich aber sank dort einfach nieder und barg das Gesicht in den Händen. Nun fragte erst recht keiner mehr nach, ob er mir helfen könne, es kam auch niemand mehr vorbei. Ich saß dort, - weiß nicht, wie lange - , und weinte leise vor mich hin.

189

Viele der hier geborenen, echten jungen Menschen machten es so wie ich, das wusste ich. Es gab haufenweise Gerüchte. Klassenkameraden waren plötzlich verschwunden und nie wieder aufgetaucht. Es schien etwas zu sein, was sie alle hier verdrängten. Wahrscheinlich, weil es nicht ins Bild all der fröhlichen, ewig jungen Optimisten passte, die sich hier so schön eingerichtet hatten in ihrem auf unendlich gestellten 'Weiter so'.

Wenn man noch auf der Erde geboren war und den richtigen Kreisen entstammte, mochte das alles sinnvoll erscheinen. Wohl auch nicht für immer und ewig, wie das Beispiel meines toten Psychiaters zeigte, der doch eigentlich einer von den zwanghaft Glücklichen gewesen war. Aber es machte bei denen immerhin mehr Sinn als bei jenen, welche nicht von jeher Privilegien in den Arsch geschoben bekommen hatten.

Ich selbst hatte das Gefühl, zwischen allen Stühlen zu sitzen. Als Anhängsel meiner reich geborenen Mutter war ich abgesondert und fern von irgendwelchen Daseins-Kämpfen aufgewachsen. Ich durfte teure Privatschulen besuchen und genoss alle möglichen Vorteile.

Andererseits hat ihn mich jeder spüren lassen, den unsichtbaren Stempel des ungeklonten Menschen,

des hier geborenen Kindes, den ich auf meiner Stirn
trug. Kinder aus reichen Familien wurden
normalerweise von ihren Vätern beschützt – so wie
mein Halbbruder Ewan Jesse mit seinem tollen Dad,
dem Raumschiff-Kapitän Frings. Doch hatte ihn das
wiederum in eine so andere Welt katapultiert, dass
darin auch kein Platz blieb für jemanden wie mich.
Außerdem war er ja so viel älter als ich, so dass wir
uns nie gefühlt haben, wie sich Bruder und
Schwester sonst normalerweise fühlen mögen.

Kurzum, es war immer schon allen scheißegal, was
aus mir wurde oder was ich mit meinem Leben
anstellte.

Würde mein Tod etwas ändern? Würden sich meine
Mitmenschen eventuell fragen, was sie hier falsch
machten? Erst recht jetzt, wo auch die Erdlinge alle
wieder abgedampft waren und offenbar nichts mehr
zu tun haben wollten mit all den sagenhaften
Aussichten hier.

Sollte ich mich in einem Abschiedsbrief erklären?
Ach, den ließen sie doch sofort verschwinden, ich
wollte mir nichts vormachen. Außerdem war das nur
peinlich, das wusste ich doch von meinen bisherigen
Versuchen.

Nein, ich würde einfach so gehen. Ich starrte auf die Felswand vor mir, hinter dem sich die Tunnelröhre für den Zug befand und da sah ich auf einmal deutlich das Viereck vor mir. Den schwach beleuchteten Schacht etwa auf Höhe meiner Hüften. Langsam stand ich auf und lauschte, ob irgendwo etwas zu hören war. Nichts, nicht einmal von ferne die Dauerschnulzen von der Erde, die sonst eigentlich fortwährend überall zu hören waren.

Kein Laut drang an mein Ohr und so ging ich auf den Schacht zu und tastete zugleich nach dem kleinen Schlüssel. Als ich direkt davor stand, erblickte ich es sofort, das kleine Loch in der Schachttür, wo der Schlüssel auch gleich wie angegossen hineinpasste. Ich brauchte ihn bloß umzudrehen und schon sprang mir die Tür mit einem leisen Knacken entgegen.

Jetzt hieß es schnell sein. Nichts wie hinein und die Füße anziehen, damit nichts bliebe von mir, schon gar nicht meine ungepflegten Treter in den Badelatschen.

Für Mandy Grace Johnson

Ruby Mayella fühlte sich, als sei sie soeben von einem Panzer überrollt worden. Ihre Tochter hatte sich das Leben genommen und das in der

Tunnelröhre eines vertikalen Hochgeschwindigkeits-Aufzuges? Es sollte Mandy Grace nicht mehr geben, sie sollte wirklich und wahrhaftig tot sein? Ihre Mutter hoffte inbrünstig, bloß sehr schlecht zu träumen und machte die Augen eine Zeitlang ganz fest zu.

Doch als sie die Augen wieder aufriss, war die Notärztin noch immer da. „Machen Sie sich bitte auf keinen Fall Vorhaltungen, Ms Clarke, das bringt jetzt gar nichts", sagte sie gerade, schaute dabei auf Ruby Mayella hinunter und strich ihr tröstend über die Hand. Shaun Trevor hielt ihre andere Hand fest gedrückt und Leslie Fiona streichelte ihr liebevoll über den Kopf, machte dabei unwillige *Tzz*-Laute und murmelte in einem fort 'Das gibt's doch gar nicht!' und 'Ist das zu fassen?' vor sich hin.

Ruby Mayella lag ausgestreckt auf dem pastellfarbenen Sofa des Strandhaus-Salons und blinzelte durch ihren Tränenschleier hoch zu der fremden Frau. „Es handelt sich ja auch bei Ihrer Tochter nicht um einen Einzelfall, liebe Ms Clarke", fuhr diese gerade ohne Pause fort. „Wir kennen das Phänomen. Dass die jungen Leute hier leider zu diesen Dummheiten neigen, nämlich ihr kostbares Leben wegwerfen zu wollen, meine ich. Sehen Sie, die jungen Menschen, die hier geboren wurden, halten nervlichen Belastungen allgemein viel weniger stand. Das ist bekannt und liegt sehr wahrscheinlich an den brüchigen Methylierungen ihrer Erbstränge, dazu gibt es bereits eine Reihe von Studien. Wieso das hier leider passiert, weiß noch niemand. Aber die Eltern können dafür am allerwenigsten. Mmmhh?" - Dazu lächelte sie jetzt ermutigend auf sie herab und tätschelte Ruby Mayellas Hand.

War es der Schock über den Tod ihres Kindes, der Ruby Mayella auf einmal reihenweise heiße Schauer durch den Körper jagte? Auf jeden Fall wurde sie plötzlich von einer schier ohnmächtigen Wut gegenüber dieser Person gepackt. Diese Frau war doch elendig leicht zu durchschauen, noch dazu, weil sie nicht den leisesten Versuch unternahm, ihre Gier zu zügeln!

Als ob keiner bemerken würde, wie verstohlen und staunend sich die Notärztin im Strandhaus umsah und auch auf das künstliche Meer draußen schielte. Wie unverhohlen sie Shaun Trevor anstrahlte, übergangslos aus der Fachkompetenz in den Flirt-Modus und zurück schaltete - und Ruby Mayellas Hand gleich wieder fallen ließ, um sich die Locken wie in Zeitlupe aus dem Gesicht zu streichen.

Leute ihren Schlages hatten Ruby Mayella schon zu jeder Zeit, in jeder Welt und in jedem Klon, in den man sie gesteckt hatte, das Leben schwer gemacht. Diesen Menschen machten die Gefühle anderer doch allenfalls dann etwas aus, wenn sie glaubten, daraus Profit schlagen zu können. Und das glaubten sie bei reichen Leuten immer.

Dreimal schon hatte die Person ihren vollen Namen unnötigerweise und so gemächlich genannt, dass alle Anwesenden ihn inzwischen locker hätten buchstabieren können. Die Absicht dahinter war offensichtlich. Stellte sie sich während des Besuchs bei der Trauernden hier nur ein bisschen geschickt an, wäre als Dank doch bestimmt ein Klon für sie drin. Diese Hoffnung merkte man der Medizinerin überdeutlich an, Es war einfach ekelhaft.

Hätte sie nur irgendwie die Kraft dazu verspürt, wäre ihr Ruby Mayella liebend gern ins Gesicht gesprungen. Aber sie fühlte sich schwach, so schwach und zu rein gar nichts in der Lage, außer immerfort vor sich hin zu murmeln „Methylierungen? Aber was denn für Methylierungen? An den Erbsträngen?" - Zu mehr sah sie sich nicht imstande.

Warum konnte sich die Leute nicht mit dem ihnen zugedachten Schicksal zufrieden geben? Mit ihrem lausigen, mitunter vom Ehrgeiz zerfressenen Dasein, mit dem es dieses Exemplar hier immerhin durch ein Studium geschafft und zu einer sicheren und wahrscheinlich vernünftig bezahlten Arbeit gebracht hatte. Das war doch großartig, warum genügte ihr das denn nicht? Warum musste es immer alles und noch mehr sein und das auf Kosten einer verzweifelten Mutter? Auf alles, was sie noch besaß, hatte diese Person es abgesehen. Nichts schien so klar wie das! Auf ihren Status, auf ihr vermeintlich ewiges Leben, auf ihren Platz und auf den schönen Mann an ihrer Seite natürlich erst recht.

„Ach, Methylierungen an den Erbsträngen. Das ist in der Tat bemerkenswert", äußerte Shaun Trevor gerade wie ein Echo von Ruby Mayellas Gemurmel und sie brauchte ihn gar nicht im Blick zu haben um zu wissen, dass er der Ärztin dabei nachdenklich zulächelte. Die prompt ein bisschen rot wurde und scheinbar scheu und bescheiden unter seinen Blicken die Augen niederschlug.

¤ ¤ ¤ ¤ ¤

Leslie Fiona hatte auf einmal damit aufgehört, Ruby Mayella das Haar zu streicheln. „Entschuldigung", sagte sie, erhob sich sehr langsam, trat auf die

196

fremde Ärztin zu und berührte sie beinahe zärtlich am Oberarm.

Da draußen die künstliche Sonne gerade unterging und niemand mit einer sanften Handbewegung das Licht eingeschaltet hatte, mutete das, was man von Leslie Fiona sah, an wie die Mischung aus einem Geist und einem Filmstar von der Erde aus längst vergangenen Zeiten.

Sie hatte den Kopf leicht zurückgeworfen. Das Haar umspielte leuchtend ihr Gesicht, in dem unter geschwungenen Brauen und schimmernden Lidern die Augen nur durch ihr mutwilliges Blitzen zu erkennen waren. Schneeweiß leuchteten ihre vollkommenen Zahnreihen zwischen den blutrot schwellenden Lippen hervor. Sie wirkte unheimlich auf die anderen und faszinierte sie zugleich. Niemand wagte es, sich zu rühren.

„Wie heißen Sie noch gleich, sagen Sie, meine Liebe?". Leslie Fiona hauchte ihre Frage geradezu. Sie ließ sich den Namen der Dame ein viertes Mal ausführlich nennen, um dann leise und übergangslos weiterzusprechen. „Liebste, ich sehe doch, wie ungewohnt das hier alles für Sie sein muss. Es ist umwerfend hier, habe ich recht?" - Ihre schlanke Hand deutete vage die luxuriöse Umgebung an. Dazu näherte sie sich der wie angegossen da stehenden Ärztin noch weiter und begann nun damit, ihr den Arm regelrecht zu massieren.

„Nein. Mich wirft hier gar nichts um. Und warum sollte es auch?", behauptete die Ärztin schwach. „Ach, nein?", Leslie Fionas Augen waren jetzt bloß noch schmale, lang bewimperte Schlitze. „Unser leibhaftiger General hier, den Sie von tausend Bildschirmen her kennen, der wirft Sie also nicht um?" - „So habe ich das nicht gemeint. Ich … ." - „Aber meine Liebe, ich kann Sie doch verstehen. Sie sind unsere Verhältnisse nicht gewöhnt, nicht wahr? Wer verstünde das denn nicht. Dagegen kann man nicht das geringste haben."

Jetzt strich sie der Fremden mitfühlend über die Wange. „Aber sehen Sie – wir haben hier doch gerade einen fürchterlichen Verlust erlitten. Den Verlust eines geliebten Menschen. Und sind wir denn nicht alle bloß Menschen und gerät das nicht gerade etwas in den Hintergrund? Weil das hier alles etwas zu viel Eindruck auf Sie macht?" - „Aber überhaupt nicht! Ich bin doch gerade deswegen hier, um … " - „Schschschttt!", Leslie Fionas Zeigefinger verschloss ihr sanft, aber nachdrücklich und umgehend die Lippen.

Ruby Mayella nahm aus dem Augenwinkel wahr, wie Shepard eine leicht ungehaltene Bewegung in

Leslie Fionas Richtung machte, so als ob es ihm nun aber langsam einmal reiche. Was diese jedoch augenblicklich zu ihm herumfahren ließ. „Ich sage das nicht ohne Grund, Shaun Trevor! Sogar aus gutem Grund sage ich das! Du weißt, wie sehr mir meine Stiftung am Herzen liegt, das weißt du ganz genau. Auch wenn du das immer wieder vergisst. Aber sei's drum, du bist ja auch meistens anderweitig beschäftigt!"

Als er nicht reagierte, legte sie nach. „Meine Stiftung ist seit 25 Jahren und wie ich dir gewiss schon tausendmal erzählt habe, meine Herzensangelegenheit. Den Namen 'Im Tränenreich von Mum und Dad' könntest du dir doch wenigstens merken. Und nur um es zu erwähnen, ich bin unsagbar stolz darauf. Dieser Titel gibt die Gefühle der Eltern von Kindern, die durch einen Freitod starben, ausgezeichnet wieder, wie ich meine. Wir wollen gar nicht darüber urteilen, ob die Geburt dieser Kinder sein musste. Das steht uns gar nicht zu, denke ich."

Ihre schöne Hand beschrieb nun salbungsvoll einen Kreis. „Doch handelt es sich hierbei ja um Menschen, die entsetzliches Leid erfahren und waren es nicht auch Menschen, die wir verloren haben, ganz unabhängig davon, auf welche Weise dies geschah?

Und in diesem Zusammenhang ... ", - schon wandte sie sich wieder der Ärztin zu und führte diese am Arm im Bogen um das pastellfarbene Sofa herum, um dann fortzufahren „... sind mir Ihre Studien zu den Methyl-Dingsda natürlich bekannt und ich muss Sie das fragen ... haben Sie selbst eigentlich Kinder?" - „Ich ..." - „Denn es geht doch in all diesen Studien, von denen Sie gesprochen haben, immer um die Kinder geklonter Eltern, ist das richtig? Dabei müssten wir doch alle Kinder auf diesem Planeten im Blick behalten, alle. Mensch ist schließlich Mensch, oder etwa nicht? -

- Und was ist mit den Kindern aus Ihren werten Kreisen, wenn ich das einmal fragen darf? Sie klonen doch im allgemeinen nicht, bekommen hier aber lauter Kinder. Ist es nicht so? Also, wie sieht es bei Ihnen aus, - gibt es das Problem in Ihrer Welt auch und lässt sich das mit unserer Welt vergleichen, was meinen Sie?" Leslie Fiona versenkte ihren verschleierten Blick tief in den Augen der anderen und flüsterte nun beinahe. „Sehen Sie, wie wichtig es mir ist, dass Sie einen klaren Kopf behalten, meine Liebe? Aber wir müssen das hier nicht jetzt klären. Und nicht hier vor den anderen."

Jetzt nahm sie das Kinn ihres Gegenübers in die Hand und schüttelte es leicht. „Lassen Sie uns zwei das doch bei anderer Gelegenheit gründlich besprechen", gurrte sie und federte dann abermals herum. „Nun bekommen Sie aber erst mal einen Drink! Bitte kommen Sie doch mit mir!" Sie nahm sie bei der Hand und führte sie hinaus.

¤ ¤ ¤ ¤ ¤

Kaum waren die beiden miteinander verschwunden, empfand Ruby Mayella fast schon wieder so etwas wie Mitgefühl mit der übergriffigen Medizinerin. Diese fühlte sich ihrer neuen „Freundin" Leslie Fiona sicherlich keinen Deut weniger ausgeliefert als es Ruby Mayella zuvor unter der „Fürsorge" der Ärztin ergangen war. Das glich für Ruby Mayellas Begriffe einiges aus. Wofür auch die Geräusche aus dem Nebenraum sprachen, die nun bald zu ihnen durch drangen.

Hinzu kam ja, dass die Ärztin auf einen Klon hoffen konnte, so viel sie wollte. Die Erde nahm ja gar keine Bestellungen mehr an und lieferte auch keine Klone aus. S.T. Shepard hatte sich Ruby Mayella diesbezüglich offenbart. Sie wusste gar nicht, ob er es auch schon Leslie Fiona gesagt hatte.

Überhaupt unternahm er nicht die geringsten Anstalten, um die Leute mit der Tatsache zu konfrontieren, dass es höchstwahrscheinlich nie

201

wieder Klone geben würde. S. T. Shepard hatte in diesem Zusammenhang bereits dem hiesigen Klon-Institut einen Besuch abgestattet und war davon bloß sprachlos und kopfschüttelnd zurückgekehrt. Auch darüber durfte Ruby Mayella zu niemandem ein Wort verlieren und wohl auch keiner, der eventuell sonst noch Bescheid wusste. Es bestand höchste Geheimhaltungsstufe. Das war vermutlich das einzige, wovon sie halbwegs sicher ausgehen konnte.

Warum handelte er bloß so? Beziehungsweise, warum handelte er eigentlich nicht? Spielte ihr Gefährte, also der Mensch, der in dieser Welt hier den Ton angab, auf Zeit? Für eine solche Strategie hatten die Chancen eindeutig schon einmal besser gestanden. Aber wer war Ruby Mayella, dass sie sich da nun hätte seinen Kopf zerbrechen wollen.

Jetzt, wo sie sich nicht mehr über die Ärztin aufregen musste, kehrte der Grund, weswegen diese überhaupt gekommen war, mit aller Wucht zu Ruby Mayella zurück. Sie schrie leise auf und fühlte sich von der toten Mandy Grace regelrecht mit in den Tunnelschacht gezogen, um dort gemeinsam mit ihr atomisiert zu werden. *Mein Kind! Mein Kind!* donnerte es unaufhörlich und unauslöschlich in Ruby Mayellas Kopf, während sie sich leise stöhnend und unter erstickten Schluchzern in Shaun Trevors Armen zusammenkrümmte.

Seit Jahren hatte sie mit der Angst davor gerungen, dass ihre Tochter ernst machen würde mit ihren Drohungen und Mandy Grace hatte es ja auch oft genug probiert. Ruby Mayella hatte sich dabei zuweilen sogar ausgemalt, dass sie sich, wenn es dann einmal tatsächlich soweit wäre, erleichtert fühlen würde. Einfach deshalb, weil das Thema ihr Leben nicht mehr so sehr beherrschen und ins Dunkel stürzen würde.

Aber jetzt, wo es tatsächlich geschehen war, war dem leider überhaupt nicht so. Es gab keine Entlastung. Es gab kein Gefühl der Erleichterung. Auf Ruby Mayella wartete nichts als grenzenlose und vollkommen aussichtslose Verzweiflung.

Shaun Trevors starke Arme boten dieses Mal keinen Halt. So sehr sich Ruby Mayella auch an ihm festklammerte, etwas schien sie innerlich mit sich fortzureißen. Weit, weit weg von ihm und unaufhaltsam abwärts.

Sie stürzte in ungeahnte Tiefen und darüber hinaus. Immer tiefer und tiefer strudelte sie hinunter, einem endlosen, schwarzen Nichts entgegen. Nichts konnte sie auffangen. Sie stürzte und sie stürzte und sie fiel und fiel.

Solange, bis es ihr plötzlich einfiel. *Der Klon*. Sie hatte doch für Mandy Grace einen Klon bestellt.

¤ ¤ ¤ ¤ ¤

Es war schon eine ganze Weile her. Das geklonte Mädchen musste jetzt sechs oder sieben Jahre alt sein. Mandy Grace war seinerzeit ein fünfzehnjähriger Teenager gewesen und weil ihre schon damals unleidliche Tochter einem solchen Vorhaben niemals zugestimmt hätte und sich modischen Neuerungen gegenüber sowieso alles andere als aufgeschlossen zeigte, hatte sich Ruby Mayella ohne zu fragen im Bad bei Mandy Graces altmodischem Kamm bedient, (den diese antiquarisch erworben hatte) - nicht ohne sich dabei gründlich zu ekeln.

Die Haarwurzelzellen hatten für eine Entschlüsselung des genetischen Codes von Mandy Grace ausgereicht und in der entsprechenden Behörde, wo sie den Klon in Auftrag gab, fragte keiner groß nach. So machten sich kurz darauf Kolonnen von Zeichen auf den Weg zur Erde, um einige Zeit später dort über Funk einzutreffen und schließlich als Mandy Graces Erbgut materialisiert in einer entkernten, menschlichen Eizelle zu landen. Jener hatte man dann eine Befruchtung suggeriert (durch Schütteln oder so – wie es genau ablief, stand nirgendwo in den Vertragsbedingungen, welche die Mutter unterschrieb), woraufhin sich die Eizelle ordnungsgemäß teilte, vermehrte und zu einer kleinen Mandy Grace heranwuchs.

Bis zu diesem Schritt war Ruby Mayella im Bilde über das, was passierte. Doch stellte sie nun beschämt fest, dass ihr überhaupt nicht klar war, wie die Klone dann zur Welt kamen. Über eine Schwangerschaft oder irgendwie im Labor?

Dessen ungeachtet musste alles glatt verlaufen sein, sonst wäre sie in den letzten Jahren benachrichtigt worden. Dank Alison Ivy Pabsts ausgefeilter Technik war das ausgesprochen selten der Fall und hier definitiv nicht geschehen. Und soweit Ruby Mayella es von Shaun Trevor wusste, hatte man die bereits gezüchteten und nicht mehr ausgelieferten Klone nicht umgebracht. Sie sollten irgendwo auf der Erde leben dürfen.

Ruby Mayella schaffte es, sich ein bisschen zu beruhigen. Sie war Mandy Grace wohl kaum je eine gute Mutter gewesen und so wie es aussah, noch nicht einmal eine respektable. Aber für sie einen

Klon zu bestellen war nicht ihr schlechtester Einfall gewesen.

¤ ¤ ¤ ¤ ¤

Später konnte sie nicht mehr damit aufhören, die Menschen auf der fernen Erde innerlich förmlich anzubetteln, den Klon ihrer Tochter fürsorglich zu behandeln. Vage hatte Ruby Mayella mitbekommen, wie die Ärztin ihr noch eine Spritze verabreicht hatte und hoffte inständig, dass diese sie damit nicht vergiften wollte, um sich für Leslie Fionas Behandlung zu rächen. Ohne es zu bemerken, delirierte sie nun schon seit einer ganzen Weile laut vor sich hin: „Bitte, bitte – liebe Mitmenschen auf der Erde ..., bitte, bitte, nehmt doch dieses Kind in eure Mitte ... .“

„Ruby Mayella, Schätzchen! Was erzählst du denn da?“ Als die Genannte die Augen aufschlug, starrte sie direkt in Leslie Fionas riesige, blaue Augen. Hatte Ruby Mayella denn nie bemerkt, wie unfassbar schöne diese junge Frau war? Wie gleichsam engelhaft ihr Haar wirkte, wie zart und wahrhaft zum Dahinschmelzen ihr Lächeln? „Ich weiß nicht. Aber es geht mir schon ein wenig besser, mein Kleines“, murmelte sie kaum hörbar, Leslie Fiona musste sich zu ihr hinunterbeugen, um Ruby

Mayella zu verstehen. „Ich mache mir nur ein bisschen Sorgen, was diese Frau mir da verpasst hat ...", hauchte sie ihr ins Ohr. „Oh, das war wirklich nur etwas zur Beruhigung, dafür habe ich schon gesorgt! Mach' dir da bloß keine Gedanken", rief ihre Freundin und kiekste dazu vergnügt.

„Wo ist denn bitte Shaun Trevor geblieben?" - „Der ist schwimmen, glaube ich. Allein!". Beide mussten sie jetzt ein bisschen grinsen. „Schätzchen, hast du etwas dagegen, wenn ich mich ein wenig zu dir lege?" - „Aber nein, überhaupt nicht. Komm nur her zu mir!"

So sank Leslie Fiona dicht neben Ruby Mayella auf das geräumige Sofa und legte ihren Kopf in deren Halsbeuge ab. Lange lagen sie beide einfach da und lauschten der künstlichen Brandung.

Und für die anderen

Täuschte er sich, oder bekam er hier an der Oberfläche schwer Luft? Der General lockerte seinen Hemdkragen und blickte unbehaglich um sich. Er befand sich hier oben, weil heute die Tochter seiner Geliebten beigesetzt wurde. Ein ritueller Akt, weil nach ihrem Freitod im Zugtunnel von ihrem Körper nichts geblieben war, was sich hätte physisch bestatten lassen können.

Damit nicht genug, wirkte der Ort des Geschehens ungemütlich, ja gespenstisch und der Aufenthalt hier oben war der Strahlung wegen auch nicht ungefährlich. Zwar war S.T. Shepard eigens ein Schutzschild versprochen worden und er meinte es auch an dem schwärzlichen Firmament hoch über ihnen vage auszumachen. Unabhängig davon hoffte er auf einen raschen Ablauf des Geschehens. Furchtbar, so etwas überhaupt mitmachen zu müssen. Das war für sie alle ganz entsetzlich – sozusagen noch das i-Tüpfelchen auf seinem ganzen Ärger. Als ob ihn im Moment nicht auch so schon genug Sorgen umtreiben würden!

Nicht weit von ihnen wehte das Gemurmel eines Grabredners herüber. Dort wurde ein namhafter Psychiater beigesetzt, einst Sohn äußerst anerkannter, sehr betuchter Leute. Hatte sich ebenfalls das Leben genommen, nachdem er etliche Male geklont worden war. S.T. Shepard rollte mit den Augen. Was stimmte denn bloß mit manchen Leuten nicht?

Er hatte dafür plädiert, Mandy Grace und den Psychiater zumindest symbolisch gemeinsam in ein Felsengrab zu legen. Und er hätte außerdem gut damit leben können, den Mann als Vater der jungen Frau anzuerkennen. Ein hysterischer Anfall der Mutter hatte dies allerdings verhindert. Er fand das schade, denn so hätte sich doch wenigstens ein bisschen etwas von der ganzen Sache quasi von selbst erklärt. Wie der Vater, so bedauerlicherweise eben leider auch die Tochter.

Das hätte doch gepasst, zumal das Mädchen bei dem Mann auch noch in Behandlung war.

Aber so mussten sie jetzt damit leben, gleich ein eigenes, leeres Grab für Mandy Grace zu verschließen. Ein außerordentlich befremdliches Gefühl, wenn man ihn fragte. S.T. Shepard stöhnte leise.

Nicht nur deshalb, aber natürlich auch wegen solch schlimmer Ereignisse musste sich bei ihnen allerhand ändern, das war ja gar keine Frage. Allein wie es hier oben aussah, dermaßen dunkel, felsig und karg - der General zog reflexartig den Kopf ein. Dabei befanden sie sich in Äquatornähe und damit in der Komfortzone des Planeten, so war ihm versichert worden. Ob es stimmte, konnte Shepard kaum nachprüfen, dazu begab er sich zu selten hierher. Kein Wunder bei dem ewigen Dämmerlicht und der drückenden Atmosphäre, die ihm auf die Bronchien schlug ... - nein, das konnte alles auf gar keinen Fall so bleiben, das war ja bereits für sich genommen schrecklich.

Veränderung tat not und duldete keinen Aufschub mehr! So würde er beispielsweise seine ganzen Weltraum-Missionen zurückbeordern. Es hatte wohl auch sein Gutes, wenn er an diesem Ort einmal länger ausharren musste, um so mehr würde er jetzt Tempo machen. Die Innovationen der Ingenieure brauchte es dringend für einen verlässlichen Strahlenschutz (er beäugte abermals skeptisch den verhangenen Himmel) oder um die Gegend hier urbar zu machen und so die Atmosphäre endlich einmal stabil zu halten. Schluss damit, überall sinnlos nach Lebensformen mit ihren völlig inakzeptablen Fortpflanzungsmechanismen zu fahnden!

Und was trieben die Forscher unter Tage eigentlich die ganze Zeit über? Das musste er sich seit seinem Besuch im Klon-Institut ernstlich fragen. Die Leute dort waren ihm teilweise verwirrt vorgekommen, hatten ihn mit Mr Pabst angeredet und augenzwinkernd um junge Klone für „wissenschaftliche Zwecke" gebeten. Was sollte denn das bedeuten? Hoffte man sich von dem großen, vor Ewigkeiten dahingeschiedenen Vorbild doch noch abzuschauen, wie das Klonen funktionierte? Was vermochte wohl aussichtsloser erscheinen als das?

Von Seiten der Ärzteschaft, die er daraufhin konsultiert hatte, hieß es dazu lediglich lapidar, das Problem sei bekannt und man würde keine Mühe scheuen, die Wissenschaftler stets selbst erneut zu klonen. „Obwohl das Problem doch offensichtlich im Gehirn liegt?", hatte der General konsterniert gefragt, da nur dieses Organ beim Klonen eben *nicht* ausgetauscht wurde. Doch war sein Einwand so höflich wie entschuldigend weg gelächelt worden.

Die alten Wissenschaftler durch ihre jungen Klone vollständig zu ersetzen, sei so gut wie unmöglich, so wurde ihm schließlich erklärt. Er solle doch nur einmal all das Fachwissen bedenken, das so für alle Zeiten verloren ginge. Man müsste ja quasi mit der ganzen Arbeit von vorn beginnen! S.T. Shepard hatte die zerbrechlich wirkenden Gestalten vor Ort nicht vor den Kopf stoßen wollen, kam aber nicht umhin, stirnrunzelnd bei sich *'Und das nach mehr als einem Jahrhundert ohne ein einziges, vorzeigbares Ergebnis?'* zu denken. Sagenhafte Einstellung. Ihm blieb jetzt noch der Mund offen stehen, wenn er daran zurückdachte.

Na, hoffentlich sprach das nicht Bände für den Stand der Forschung hier überhaupt … . Ach was, das war sicher zu pessimistisch gesehen. Es waren halt nur alle, die noch neugierig und mit Biss arbeiteten, immer gleich auf die Suche nach neuem Leben ins All geschickt worden. Was für eine Verschwendung. Da draußen gab es sie doch, die Macher, und die würde er so bald als möglich heimholen.

Um sein eigenes, künstliches Meer herum unten im Bauch des Planeten war die Luft doch ausgezeichnet, überlegte S.T. Shepard weiter. Warum hatte denn noch niemand die Signalwirkung daran erkannt - und ließ sich das nicht in echten Fortschritt ummünzen? Weitere Meere in der Tiefe und auch hier oben, das war es doch! Man müsste nur die deftigen, von Sonne Nummer Eins verursachten Gezeiten ein bisschen im Blick behalten, aber ansonsten bot sich hier doch eine Lösung an wie auf dem Silbertablett. Dann würden sich die Leute bestimmt auch wieder gesünder entwickeln.

Wieso war er da bitte nicht schon früher drauf gekommen? Grauenvoll, wie er die vergangenen Jahrzehnte über in seinem Mief versackt war! Nein, das konnte nicht so weitergehen. Sobald sie hier fertig waren und er sich etwas im Wasser erholt hatte, ging es sofort los! Der General vibrierte vor Ungeduld.

¤ ¤ ¤ ¤ ¤

Wo blieb denn bloß der Grabredner oder kam gar keiner mehr? Etwas weiter drüben waren sie mit der Beisetzung des Psychiaters fast fertig. S.T. Shepards Blick schwenkte zurück auf Ruby Mayella, die der fröstelnden Leslie Fiona soeben geschickt einen warmen Mantel zurecht modulierte (nicht schlecht - wie machte sie das bloß?), ihr dazu noch fürsorglich dessen Kragen hochstellte und diesen energisch von Hand zuknöpfte.

Es wirkte auf ihn, als habe Ruby Mayella nicht nur ein Kind verloren – sondern in dem hübschen Kindskopf Leslie Fiona, welche die Behandlung selig lächelnd über sich ergehen ließ, eines hinzugewonnen. Und als könnten Ruby Mayella und er mittlerweile kaum noch anders, als Mutter und Vater für Leslie Fiona zu spielen. Dabei beschlich ihn ein mulmiges Gefühl, kurz streifte ihn der Schatten der todunglücklich verlaufenen Ehe seiner eigenen Eltern. War das nach all der Zeit immer noch in der Lage ihn einzuholen? Es spielte doch wirklich nicht mehr die geringste Rolle. Er seufzte.

Selbst Ruby Mayella überkam nun Ungeduld und sie versuchte erfolglos, eine Telefonverbindung herzustellen. Der Empfang war wie gewöhnlich denkbar schlecht hier oben. Dabei blieb dem General Zeit, sich seine Freundin ein bisschen genauer anzuschauen. Schön war sie, wie immer und ungeachtet ihrer tiefen Trauer. Aber rührten die bläulichen Ringe unter ihren Augen wirklich daher und wirkte sie nicht dazu recht blass und sogar leicht aufgedunsen? Ihm fiel ein, dass ihr jetzt auch häufiger übel wurde, besonders morgens, nach dem Aufwachen.

Womöglich war Ruby Mayella schwanger und trug bereits seinen Sohn unter dem Herzen. Der General atmete nun wirklich schwer. Das wäre tatsächlich eine markante Veränderung und das war noch gelinde ausgedrückt. Etwas, was tatsächlich alles zu verändern in der Lage wäre und sich still und unbemerkt unter all den Dramen ereignet hätte. Allerdings eine Entwicklung, an die sich hier alle erst gewöhnen müssten.

¤ ¤ ¤ ¤ ¤

Allmählich war es an der Oberfläche brutal kalt geworden und die Damen hüpften auf der Stelle, um sich warm zu halten. Von seiner Elektro-Sonne (der Sonne Nummer Eins), wie sie der General bei sich nannte, weil sie Blitze in gewaltige Titan-Felder hier auf Daddy schleuderte, welche durch den immensen Druck endlos Strom produzierten, war nur mehr ein schmaler, stetig aufleuchtender Streif am Horizont übrig geblieben und auch die schwächlichen Sonnen in der Ferne gingen eine nach der anderen unter. Da die Trauergäste der anderen Beisetzung bereits aufgebrochen waren, standen die drei nun verlassen vor dem offenen Felsengrab.

Seltsamerweise aber war ihnen mit der Zeit scheinbar etwas leichter zumute geworden. Leslie Fiona gestikulierte wild, um die anderen auf einen pfauenähnlichen Vogel hinzuweisen, der sich in einiger Entfernung von ihnen niedergelassen hatte, wohl in der Hoffnung auf Futter. Und tatsächlich eilte sie nun direkt auf ihn zu und schüttete ihm etwas vor den bunten Schnabel. Der General schüttelte fassungslos den Kopf. Nicht nur darüber, was Leslie Fiona betraf, sondern auch, was den Vogel anging.

Erstaunlich, was aus den Straßentauben alles geworden war, die es damals irgendwie mit in die Raumschiffe geschafft hatten. Es war ihnen nicht nur in Rekordzeit gelungen, den künstlich geschaffenen Luftraum über Daddy auszufüllen, sondern die vielen Mutationen, von der starken Strahlung verursacht, hatte sie auch gleich in etliche Arten aufgespalten. Manche Tiere tschilpten nun schrill und waren mittlerweile flinke Schaben-Jäger, andere weideten still die Pilzplantagen ab und brüteten auch nahezu unbemerkt darin.

Aus wieder anderen waren gewaltige Greifvögel geworden, die sich kreischend auf ihresgleichen stürzten. Ein paar schwammen auf den Kloaken-Gewässern herum und schienen da wohl hin und wieder etwas zu finden und einige sahen paradiesisch aus und suchten die Nähe des Menschen.

Während sich um Leslie Fiona herum pickendes Pfauenvolk sammelte, reckten sich aus ihrer Handtasche zwei rosa Pfötchen, bettelten auch um einen Brocken und bekamen einen, welchen sie sogleich einem samtigen Schnäuzlein zuführten, das ihn zufrieden wispernd zu beknabbern begann. Seelenvolle, übergroße und dunkle Augen blickten dankbar unter lauschigen Öhrchen hervor, - das musste eine der Schmuse-Ratten sein, von denen der General schon gehört hatte. Noch so ein blinder Passagier von der Erde. Einer, der sich hier erfolgreich als Kuscheltier durchbrachte.

Er hatte den Eindruck, dass es das Tier in seiner warmen, paillettenbestickten Tasche gut getroffen hatte, jedenfalls solange es seine verwöhnte Halterin nicht langweilte. Von seinen ehemaligen Artgenossen wusste Shepard, dass sie in den unterirdischen Höhlen anderes Getier zu Tode hetzten und auf sein Geheiß hin selbst erbarmungslos gejagt wurden, - nun ja. Besser, er dachte nicht daran.

Wer sagte denn, dass die Oberfläche nicht eine Menge zu bieten hatte? Der General hauchte in seine klammen Fäuste, rieb sich dann die Hände gründlich und blickte schon etwas optimistischer durch die Gegend. Einen Zoo schien es ja auf alle Fälle schon mal zu geben. Und zog das nicht bekanntlich Menschen an wie ein Magnet und erst recht - Familien?

Ausgerechnet Leslie Fiona brachte ihn darauf. Neben all ihrem sonstigen Geschwätz mochte an dem „Kinder sind auch Menschen"- Tenor einiges dran sein. Und das arme Geschöpf, das sie hier bestatteten, sowie dessen toter Psychiater trugen ebenfalls dazu bei, dass er seine Haltung zu diesem ganzen Thema einmal überdenken wollte.

Und so wie es aussah, würde es in der nächsten Zeit ja wohl tatsächlich keinen einzigen Klon mehr geben, von keiner Seite und für niemanden. Also war die Zeit reif dafür, sich neu auszurichten. Auch das ließ sich kaum noch leugnen.

Apropos - der Seelendoktor! Kannte er den nicht tatsächlich von irgendwoher? Der Mann kam ihm inzwischen vertraut vor, beinahe wie jemand, der am vermeintlichen Glück ungebremsten Klonens still und jämmerlich eingegangen war, quasi direkt an seiner Seite. Ohne dass er es bemerkt hätte.

Männer redeten eben nicht gern offen, selbst wenn sie Freunde waren. Was für eine Tragödie.

Er zückte ein Taschentuch und schnäuzte sich geräuschvoll.

¤ ¤ ¤ ¤ ¤

Sicher hat der römische Dichter Ovid mein Leben geprägt. Das überrascht mich selbst, weil ich ja nicht belesen bin oder was immer man darunter versteht. War ich doch stets ein Mann der Tat und habe meine Nase nicht in Bücher gesteckt, also sprich in ausgedachtes Zeug, das von Leuten geschrieben wird, die ständig Bücher anderer Leute lesen, um dann selbst welche zu schreiben. Lässt du dich darauf ein, weißt du anschließend noch weniger über das Leben. Und was ließe sich angesichts meiner jahrhundertelangen Erfahrungen dagegen auch sagen?

Aber weil das Werk von Ovid damals zufällig in meine Hände fiel, hat es mir die Augen dafür

218

geöffnet, wie sehr die Menschen doch in Beziehungen verstrickt sind und dies all ihr Handeln bestimmt.

Das hat die Dinge an ihren Platz gerückt und mich darüber hinaus frei und uns alle hier unabhängiger werden lassen. Durch unsere besondere Lebensweise konnte ich dies lange gewährleisten. Es war eine wundervolle Erfahrung und dafür ist niemand dankbarer als ich. Aber müssen wir das noch über hundert Jahre später rund um einen ganzen Planeten feiern, indem hier jeder das alte Zeug liest? Zumal es die zarten Bande bloß gefährdet, die sich gerade jetzt wieder zwischen den Leuten knüpfen. Denn so tief, wie Ovid mich berührt und meine Seelenlage ausgeglichen hat, so sehr sind seine Erzählungen imstande, Misstrauen in unsere menschliche Natur zu schüren, was gerade keiner gebrauchen kann. Die Menschen auf Daddy müssen jetzt zusammenzuhalten. Grenzenlose Freiheit muss man sich leisten können, da habe ich nie anders gedacht.

Zeitlebens blickte ich nach vorn und für das, was ich tat, gab es kein Vorbild. Was sich in der Antike ereignete, (in meinen Augen nicht mehr als kleingeistiges Gerangel), interessiert mich im Grunde nicht. Aber nachdem mich dieser Dichter so beeindruckt hat, wollte ich wissen, in welcher Zeit er lebte.

Sieht man davon ab, dass sie im alten Rom Kriege führten, lebten die Menschen insgesamt ganz vernünftig. Dort regierte damals ein Mann, der nach lauter scheelen Bündnissen eine Monarchie begründete. Nach langen Jahren unsicherer Militärherrschaft hat er damit das Land befriedet und zusammen gehalten.

Und was unterscheidet mich von diesem Kaiser Augustus, der so friedliebend war wie ich selbst nun auch seit langem? Auf jeden Fall begriff er Ovid als geistigen Aufrührer. Wer hätte denn noch Vater, Mutter oder seinen Kaiser ehren und achten können, nachdem er in den Werken des Dichters las, zu welchen Untaten Menschen fähig sind, sobald die Umstände es erfordern.

Fraglos standen mir nun ganz andere Mittel zur Verfügung als den Menschen damals. Augustus war doch gar nicht in der Lage, seine Leute aus den Zwängen, wie Ovid sie so lebhaft beschrieb, zu lösen. Er konnte sie nicht in eine andere Welt verfrachten, damit sie sich dort durch neue Lebensweisen befreiten und weiter entwickelten. So hat er eben den Dichter aus dem Verkehr gezogen. Damit der niemanden mehr verunsicherte.

Ich hingegen befreite die Menschen und genau das war mein Plan. Es hätte funktioniert, wenn sich alle ein bisschen mehr bemüht hätten. Davon bin ich auch jetzt noch überzeugt.

Im Rückblick erscheint es mir wie ein gewaltiges Experiment, das es vorher noch nicht gegeben hat und allem Anschein nach auch nie wieder geben wird. Und - ist der Ausgang von etwas Neuem nicht immer ungewiss?

Aber da sich die Dinge inzwischen überhaupt nicht mehr günstig entwickeln, werde ich hier nicht mehr weiter träumen. Dieser Schritt tut mir so weh, wie er bestimmt auch Augustus schmerzte. Doch auch in diese Zeit passt kein Aufrührer und ich verfüge momentan nicht über die Mittel, sie passend zu machen, so bedauerlich das ist. Ovid hat ausgedient.

¤ ¤ ¤ ¤ ¤

Als klar wurde, dass niemand mehr erscheinen würde, um Mandy Grace auch nur symbolisch zu verabschieden, legten die drei schließlich selbst Hand an und verplombten das leere Felsengrab, so gut es ihnen eben möglich war. Anschließend gingen sie um sich aufzuwärmen in das Café mit der durchsichtigen Kuppel, in dem die beiden Frauen vor noch gar nicht langer Zeit ihre Freundschaft vertieft hatten. Und das erfreulicherweise ganz in der Nähe lag.

Jetzt, wo die Dunkelheit endgültig über sie hereingebrochen war, tobte sich Leslie Fiona an den Lichtmodulen dermaßen aus, dass allen Anwesenden davon der Kopf schwirrte. Während die anderen wie geblendet dasaßen, rief sie, ohne den Blick von dem Gerät zu nehmen, „Hey, - ich brauche so-fort einen neuen Klon! Der hier ist völlig er-fro-ren!"

Die herbeigeeilte Servicekraft blieb auf ihre Worte hin wie versteinert vor ihr stehen. Leslie Fiona schickte den Blick doch noch nach oben, um lachend „Nein, Scherz! Erst mal einen Milchkaffee bitte. Aber heiß muss er sein!" auszurufen. Klick-klack-klick-klack, schon schleuderte sie weiter quietsch-bunte Lichtblitze durch die Räumlichkeiten, als wolle sie ein Feuerwerk an SOS-Zeichen in den Weltraum senden. Die Servicekraft jagte mit über den Kopf gehaltenen Händen davon.

„Wie wäre es denn zur Abwechslung mal mit einem Baby statt einem Klon?", sagte Ruby Mayella leichthin und frech, mit einem bedeutsamen Blick auf den kleinen Racker in Leslie Fionas Tasche, der seine Riesenaugen vor Schreck über die Lichtorgeln fest zugedrückt behielt und sich schlafend (oder tot) stellte. „Und könntest du mal ein ganz normales Licht einschalten, bitte? Ich glaube, es gibt hier keinen, dem nicht gleich schlecht wird!"

Zu ihrer aller Überraschung stellte Leslie Fiona das Modul auf gedimmtes Kaffeehauslicht und warf es dann mit einem Seufzer von sich, um sich sofort und hingebungsvoll auf ihr in Rekordgeschwindigkeit herbeigeschafftes Heißgetränk zu stürzen.

Der General, der nach wie vor in seinen Überlegungen zur Zukunft des Planeten festhing, betrachtete sie angestrengt. Wenn er je in Gedanken mit der Idee gespielt hatte, Monarch zu werden, ließ ihn spätestens die Vorstellung, was dann aus Leslie Fiona würde, rasch davon abrücken. Sicher war sie ein Traum von einer Frau, allerdings von einer äußerst launenhaften. Als Prinzessin wäre sie wohl (nicht nur für ihn) ein Albtraum, noch weiter oben wäre sie dann endgültig für sie alle zum Fürchten.

Nein, danke, das kam gar nicht in Frage. Er betrachtete nun mit zusammengekniffenen Augen die transparente Kuppel über ihnen. Ein dezentes Hologramm informierte ihn darüber, dass es sich um reinstes Aluminium handelte, welches den Durchblick ins Firmament ermöglichte - und kein Glas. Außerdem bot das transparente Aluminium ausreichend Schutz vor der starken Strahlung an der

Oberfläche. A-ha. Es gab offenbar viele Dinge in seiner Welt, von denen er sich bislang kein Bild gemacht oder die er gleich wieder vergessen hatte. Wer wollte davon auch etwas wissen? Er jedenfalls nicht.

Dennoch hatte Shepard das drängende Gefühl, er müsse sich auf dem Planeten künftig eindeutiger positionieren. Schluss damit, dass er den ewigen Beschützer gab, in dem im Grunde genau so ein hirntoter Klon steckte wie in den ganzen reichen Leuten um ihn herum.

Nun, da er bereit war, Verantwortung zu übernehmen – wie sollte der Posten heißen? Er durfte nicht außer acht lassen, dass sein Sohn später auch einmal politische Ambitionen hätte, mehr als er selbst womöglich jemals. Was passte da, Präsident auf Lebenszeit? Und wer außer ihm wäre derzeit noch fähig für den Job?

Genau aus diesem Grund würde er sich da mal beraten lassen.

¤ ¤ ¤ ¤ ¤

Zu den Sachen, über die ich zu niemandem etwas sage, gehört auch die Tatsache, dass ich leider Präsident eines Armenhauses sein werde, wenn ich nicht bald etwas unternehme. Unseren Milchkaffee hier trinken wir auf Pump, Leslie Fionas Schmuse-Ratte lebt auf Pump und ihre herumlaufende Tasche erst recht.

Der Grund für unser Dilemma ist für jeden, der sehen will, kein Geheimnis. Es gibt wohl in aller Welt kaum größere Geizhälse als Milliardäre. Und das wird leider nicht besser, wenn diese Leute ewig leben. Auch da hatte ich gehofft, das Klonen würde Edleres zutage fördern, aber da lag ich falsch. Das zeigt mir nicht erst meine liebe Leslie Fiona.

Machte ich mir in der Aufbauphase hier noch Illusionen, so sind mir diese gründlich vergangen, nachdem sich meine superreiche Kundschaft erst einmal in ihren Luxusquartieren festgesetzt hatte.

Wofür interessieren sie sich seither noch?

Für immer jüngere und hübschere Klone und für Sex mit ebenso jungen, schönen Körpern, wobei alle immer raffinierter angezogen sind.

Für die Songs ihrer ersten Jugend in der Dauerschleife.

Für Wagenrennen an der Oberfläche, die in der Scheiße enden. Das ist übrigens das einzige, was sie sich zusammen mit ihrem Personal anschauen.

Für Drogen, mit denen sie ihre Depressionen bekämpfen und dafür, dass es immer so weitergeht.

Und wofür interessieren sie sich leider nach wie vor kein bisschen?

Für ihr verzweifeltes, alterndes und sterbendes Personal, das sie niemals anständig behandelt oder bezahlt haben.

Für ihr verzweifeltes, alterndes und sterbendes Personal, das dadurch nicht fürs Alter vorsorgen konnte und sie immer um Klone anbettelte, was sie in der Regel hochnäsig abgelehnt haben.

Für die Kinder und die Enkel ihres verzweifelten, alternden und sterbenden Personals, deren Zukunft nicht besser aussieht. Was ihnen auch egal ist.

Es existiert bei uns nicht wirklich ein Wirtschaftskreislauf. All diese Menschen können sich kaum etwas leisten und damit kommt so gut wie nichts an Geld herein. Dass dies alles miteinander zusammenhängt, kriegen die Leute nicht mehr zusammen. Vielleicht liegt es auch daran, dass sie ihren ganzen Reichtum seinerzeit einfach zusammen klauten und nichts davon verstanden, wie man ihn erhält. Wer weiß das schon?

Die Inspiration, die ich mir durch das Klonen erhoffte, ist ausgeblieben und auch ich bin kein Bankier oder etwas in der Art. Soweit ich es verstanden habe, leben wir in der Hauptsache von den Bodenschätzen, die wir hier quasi nebenbei fördern, um diese für unsere unbegrenzte Elektronik zu nutzen. Was ich davon auch noch begreife, ist, dass damit bald Schluss ist.

Ich habe es zudem nie über mich gebracht, die ganzen heimwehkranken Ingenieure zu verfolgen, die sich mit geklauten Koffern voller Edelmetall in den Klon-Transportschiffen versteckt und damit auf und davon gemacht haben. Aber klar, zu viele haben das zu lange mit zu vielen Koffern gemacht.

So wächst der Reichtum natürlich nicht, sondern er schrumpft. Ich finde das bedauerlich, das ist gar keine Frage. Aber ich kann es nicht ändern. So ist es nun mal gelaufen. Wir sind nahezu pleite.

¤ ¤ ¤ ¤ ¤

Aber ich bin niemand für die große, reuevolle Rückschau. Liegt mir nicht. Liegt darüber hinaus auch nicht in meiner Familie.

Das ist ja das Glück, das die Leute hier noch haben und von dem sie nun so langsam erfahren werden. Sie haben mich immer als Rettungsschirm angesehen und nicht als jemanden, der sie regiert. Aber es wird ihr Glück sein, meine ich. Dass sie einen Präsidenten haben werden, der immer noch fit ist. Im Gegensatz zu ihnen, weil ich nicht in ihre blöden Mucki-Buden renne und mich mit Schaben-Proteinen mäste.

Dafür gehe ich schwimmen, wann immer es mir die Zeit erlaubt. Das ist recht häufig der Fall.

Und deswegen bin ich der, der ich immer war. In meiner Familie waren alle Soldaten. Das bedeutet, wir bleiben fit und lassen uns was einfallen, wenn's eng wird.

Jetzt wird es eng. Was also lasse ich mir einfallen?

Ich melde mich mal ganz unverbindlich auf der Erde. Nicht als ich oder als Klon, sondern ich bin mein eigener Sohn. Weiter nichts als ein friedlicher Mensch, der seinen schwierigen Vater beerbt.

Und die Menschen vergessen schnell. Wächst beim Klon-Institut nicht längst dichter Wald? Das haben sie doch selbst gesagt. Na also, dann fangen wir neu an.

Ich werde mich fürsorglich nach unseren jungen Besuchern erkundigen, sofern sie die Reise gut überstehen. Es geht ja nun dank des Hyper-Paramagnetismus flott vorwärts. So müssen die

Raumschiffe Kollisionen mit anvisierten Himmelskörpern nicht mehr ausweichen, sondern erreichen durch Ladungsumkehr im letzten Moment einen simplen Platzwechsel. Das verkürzt die Reisezeit enorm und drinnen merkt man davon überhaupt nichts. Sagenhaft.

In unseren Zügen nutzen wir das ja schon länger und setzen die Technik nun erstmals auf der Langstrecke ein. Das ist natürlich noch in der Probephase, aber die Kontrollen melden bislang nichts Ungewöhnliches. Wenn alle auf dem Weg zur Erde nun in zwei statt sieben Jahren in der Heimat eintreffen, ist das doch der ideale Einstieg ins Geschäft.

Offiziell reisen wir dann schon länger so komfortabel und verkaufen eine ausgereifte Geschichte, - kein Wort von irgendeiner Jungfernfahrt.

Das wird Besuche hier dann künftig einfacher machen. Wir werden gastfreundliche Leute sein und alles hübsch herrichten. Gewässer, Wälder, Parks – so etwas. Und an Austauschschüler denke ich dabei nicht, das hatten wir jetzt wirklich lange genug.

Besser sind betuchte Leute, gerne älter. Die haben andere Sorgen als hier herumzuschnüffeln. Wozu haben wir eine vortreffliche Medizin und die ganze

Strahlung an der Oberfläche, mit denen sich hartnäckigsten Erregern so gründlich beikommen lässt? Wir setzen die Herrschaften einfach ein bisschen nach draußen und lassen sie dort unseren Zoo bestaunen.

Betreut werden sie dabei von unseren jungen Leuten, den echten. Die haben doch noch richtig Biss und dann endlich eine schöne Aufgabe, mit der sich gutes Geld verdienen lässt. Und nach Hause fährt unser Besuch dann nicht bloß kerngesund, sondern darüber hinaus mit diesen Gestaltwandler-Zeug im Gepäck.

Und ich will doch wie der bucklige Hirnchirurg Jonathan heißen, wenn die Erde nicht ein bisschen Energie gebrauchen kann. Können wir schicken, wir haben genug. Gegen Bares natürlich.

Ich wette, im Handumdrehen sind wir saniert.

¤ ¤ ¤ ¤ ¤

Zwei Jahre also. Dann etwa würde Zorro auf der Erde eintreffen. Dieses Mal wäre die Reise (im Vergleich zur Hinreise) verhältnismäßig rasch vorüber, da hatte er bestimmt nichts gegen. Und glücklicherweise wusste er nichts von den Risiken.

Na, er war ja nicht doof, sicherlich ahnte er etwas. Vielleicht hätte er auch in vollem Bewusstsein den Risiken zugestimmt, weil ihm gar keine Wahl blieb, um auf andere Weise zur Erde zurückzukehren. Und auf diese Weise ging es schneller – so oder so. Das wäre Zorro sicher recht. Er war ja nicht der Mensch, der die Dinge gern auf die lange Bank schob.

Doch ein bisschen musste er da jetzt sitzen bleiben, auf der langen Bank. Wie er sich wohl die Zeit vertrieb? Totenstill war es im Raumschiff und dunkel. Er hielt die Augen geschlossen und schien zu schlafen. Das hübsche, flache Gesicht verriet wie gewöhnlich nichts.

Dachte er manchmal an Mandy Grace? Weil er sie vielleicht vermisste und es ihm auf gewisse Weise Leid tat, sie und den Planeten Daddy zurückgelassen zu haben? Sie wäre wohl die Letzte, die daran glauben könnte. Aber hoffen würde sie es wohl schon.

Bisher fiel der Blick in die Zukunft leicht. Direkt gläsern erschien sie zuweilen, doch die Aussicht auf diese Liebesbeziehung hätte durchaus das Zeug, einen verzagt und mutlos werden zu lassen.

Erscheint eine Fortsetzung wahrscheinlich? Ganz sicher nicht. Aber wer glaubt, Menschen würden ihre

Geschichte schreiben und dies sei am ehesten deren Ende, dem sei gesagt, es ist genau so gut ihr Anfang.

Könnte ihre Liebe sich also ganz zaghaft erst auftun, getrieben und erfüllt von unbekannter Sehnsucht und mit früh erwachtem Blick auf den sich allmählich rötenden Osten? Dorthin, wo Aurora, die Göttin des Morgens, ihre purpurnen Tore und Hallen voll Rosen öffnet? Zorros Augen verraten nichts, vermutlich werden sie das auch nie tun. Wir sehen auch keine Träne darin, doch vielleicht brauchen wir das auch gar nicht. Vielleicht erahnen wir sie.

Mit Zuversicht erfüllt uns, dass er ja wiederum weniger altern wird während seiner Reise durch das All, wenn Einstein richtig lag mit seiner Relativitätstheorie. Nach der nur Menschen, die an einem Ort bleiben, in einer Weise älter werden, wie wir sie kennen. Menschen in Bewegung (vor allem in schneller Bewegung) hingegen bleiben *länger jung*. Einen Klon für ihn bräuchte es derzeit jedenfalls nicht.

Aber ein Klon könnte auf ihn warten, da wo er jetzt hinreist. Und während sie beide gezwungen sind, auf ein Wunder zu hoffen, könnte sie in Ruhe aufwachsen, die kleine, geklonte Mandy Grace. Sie war ja schon immer sehr entschlossen, warum sollte sie es als ihr eigener Klon also nicht sein? Vielleicht wird sie ihn finden und vielleicht wird er sich öffnen können für eine sehr junge, zarte und hoffnungsvolle Mandy Grace, die nicht im entferntesten ahnt, das sie nun genau das ist, was sie so sehr gehasst hat.

Wer von uns weiß denn, wer er oder sie ist oder einmal sein wird und was die Zukunft tatsächlich bringt? Zorro und Mandy Grace. Mandy Grace und Zorro. Gewiss ist die Erde groß. Gewiss käme es fast einem Wunder gleich, wenn sie einander wieder begegneten. In der wundersamen Schleife aus Liebe und Leid.

Aber ab und an geschieht das ja. Auch hier auf der Erde. In der Heimat von Publius Ovidius Naso, besser bekannt als Ovid.

¤ ¤ ¤ ¤ ¤